바비와 루사

바비와 루사

박유경 장편소설

은행나무

차례

1부

2부

1부

1
몸은 아무것도 말하지 않는다

현서는 독서실 책상에 앉아 가쁜 숨을 골랐다. 조금 전에 보고 온 것을 도저히 믿을 수 없었다. 왜 그 아이지? 에펠탑 아래 LOVE라는 글자가 프린팅된 노란색 반팔 티셔츠, 양쪽 종아리에 한 줄로 길게 이어진 멍, 한눈에 그 아이라는 걸 알아볼 수밖에 없는 허리까지 오는 금발과 주근깨가 드러나 보이는 새하얀 피부색. 그 아이는 콘크리트 방파제 위에 내던져진 채 버려져 있었다. 뜨거운 햇살이 정수리에 내리꽂혔다. 현서가 내려다보는 동안 그 아이 몸에 남아 있던 물기가 빠르게 말랐다. 고막이 쿵쿵 울리고 손이 떨렸다. 눈앞이 흐려져 책상에 펼쳐놓은 문제집의 등비수열 숫자가 제멋대로 움직였다. 현서는 자리에서 일어났다가 다시 앉아 손에 잡히는 대로 문제집을 가방에 쓸어넣었다.

정신을 차리고 보니 화장실 거울 앞에 서 있었다. 단발로 짧게 자른 머리카락이 땀에 젖어 얼굴에 달라붙었다. 차가운 물로 세수하고 거울에 비친 모습을 쳐다보았다. 붉다 못해 보랏빛으로 질린 낯빛에 그 아이의 얼굴이 겹쳐 보였다. 구역질이 났다. 껵껵거리다 입을 찬물로 헹궜다. 수돗물에서 시체를 닦는 소독약 맛이 느껴졌다. 세면대의 배수구에서, 누런 얼룩이 낀 변기에서 비릿한 냄새가 올라왔다. 모든 곳에 부패한 시체 냄새가 떠돌아다니는 것 같았다. KF94 마스크를 코까지 올리고 독서실을 빠져나왔다. 밖으로 나가는 유리문을 열자마자 열기가 내리누르듯 현서를 휘감았다.

뜨거운 거리를 휘청거리며 걸었다. 양옆으로 즐비한 가게 중 제대로 영업을 하는 곳이 몇 없었다. 폐업 정리 중인 가게에서 점원이 하얀색 마스크를 끼고 마네킹처럼 앉아 있었다. 현서는 앞을 향해 걷다가 멈추어 섰다. 온통 그 생각뿐이었다. 계속 앞으로 가면 방파제가 나온다. 아이가 아직 그 자리에 있을까?

안쪽을 들여다보지 못하게 폴리스라인을 친 경찰이 빙 둘러서서 몰려든 사람을 내쫓았다. 사원증을 목에 건 중년 남자도, 도장복을 그대로 입고 나온 조선소의 앳된 청년도 한 걸음 물러났다가 다시 고개를 들이밀었다. 경찰의 팔과 팔 사이로 새하얀 감식복을 입은 수사관이 아이의 몸을 들추며 사진을 찍는 모습이 보였다. 눈만 보이는 얼굴에 투명한 가림막을 쓴 수사관들이 마치 영화 세트장에서 온 것만 같았다. 아이는 곧 머리부터 발끝까지 감식용 비닐로 덮였다.

현서는 앞으로 몇 걸음 가다가 돌아섰다. 무엇을 확인하고 싶은 건지 확실하지 않았다. 생각에 잠겨 허둥대다가 휴대전화 가게 안에 앉아 있는 여자와 눈이 마주쳤다. 마스크를 코 밑으로 끌어내리고 있던 여자가 시선을 돌렸다. 걸음을 옮기자 다시 여자의 눈길이 느껴졌다. 이상한 기시감이 들었다. 손님 하나 없는 김밥 가게에서도, 가게 문을 열어놓은 옷 가게에서도 누군가의 눈이 현서를 좇았다.

100미터가 넘는 거리에 있는 사람은 오직 현서뿐이었다. 마치 재난이 일어나기 직전처럼 적막했다. 숨이 끊어진지도 모른 채 방파제에 버려져 구경당하는 아이가 된 기분이었다. 머리카락에 맺힌 땀이 얼굴을 따라 흘러내렸다. 목구멍이 틀어막힌 듯 숨이 잘 쉬어지지 않았다. 방파제 쪽으로 몸을 돌렸다. 이번에는 앞을 보며 빠른 걸음으로 걸었다.

어제 오후 방파제 부근에서 아이를 만났다. 살아 있는 아이를 만나지 않았다면 아이의 시신을 보고 지나칠 수 있었을까? 헬렌을 떠올리지 않았을까? 현서는 주말에 있는 영어 특강이 끝나고 나면 유나의 강의실 정리를 도왔다. 유나가 노트북으로 수업에 대한 코멘트를 작성하는 동안 에탄올 냄새가 나는 스프레

이형 소독제를 뿌려 책상과 의자를 닦았다. 창문을 열어 환기를 시키면 유나는 소독용 티슈를 밀대에 꽂아 바닥을 닦았다. 수능 영어를 가르치는 일이 적성에 맞지 않는다고 하면서도 유나는 몇 년째 꾸준히 고등학생을 대상으로 수업을 하고 있었다. 강의실 정리가 끝나면 해변가를 따라 산책한 후 각자의 집으로 돌아갔다.

그날도 해변을 따라 설치된 산책로를 지나 방파제까지 걸어갔다. 섬 사람들은 방파제를 짬낚 방파제라고 불렀다. 길고 반듯한 직사각형 모양의 방파제는 규모가 작아도 물때가 맞으면 고기가 잘 잡히는 편이었다. 짬낚시를 하는 서너 명이 낚싯대를 드리우고 앉아 있었다. 방파제 바로 옆엔 통유리로 지어진 조선소의 고층 빌딩이 즐비했다. 방파제 맞은편으론 그날 잡힌 잡어나 갓 잡은 해산물을 파는 횟집과 백반집이 있어 물질하는 해녀를 종종 볼 수 있었다.

오후 세 시 무렵이었지만 날이 흐려 예닐곱 시처럼 어둑했다. 태풍이 오려는 듯 찬바람이 거세게 불었다. 내내 뜨겁게 끓어오르기만 하다가 시원한 바람이 불자 마스크를 벗고 산책하는 사람이 꽤 많아졌다. 편의점에서 캔커피를 사 들고 와 마스크를 벗었다. 신종 바이러스는 온 나라가 지글지글 끓는 와중에도 확산세가 줄어들지 않았다. 대학 입시는 외국인 특별 전형을 제외한 모든 수시 모집이 가을로 미뤄졌다. 유나는 구매 대행으로 구입한 열대 지방 꽃이 그려진 노란색 원피스를 입고 신종 바이러스의 여파로 세일을 많이 해서 좋다는 얘기를 하고 있었다. 갈색으로 염색한 유나의 긴 머리가 바람에 흩날렸다. 바람에 펄럭이는 치맛자락을 잡고 현서와 마주 보는 자세로 돌아서서 걷던 유나가 그 남자와 부딪혔다. 유나가 미안하다고 말하자 남자가 짜증 섞인 얼굴로 대꾸 없이 비켜섰다.

연일 최고 기록을 갱신하고 있는 한여름에 봄가을용 정장 재킷까지 껴입고 땀에 젖어 있는 모습이 이상해 현서는 남자에게서 눈을 떼지 못했다. 그러다 남자 뒤에 서 있는 그 아이를 봤다. 뼈가 불거져 보이는 깡마른 몸에 에펠탑이 프린팅된 노란색 티셔츠를 입고 있었다. 눈 둘 곳을 찾는 불안정한 모습이 어쩐지 낯익었다. 마스크로 얼굴의 대부분을 가렸지만 현서를 보고 놀란 듯 동그랗게 뜬 눈까지 감출 수는 없었다. 청록빛 바다를 품은 눈동자. 아이는 헬렌과 눈동자 색이 똑같았다.

"헬렌!"

현서의 입에서 헬렌이라는 이름이 저절로 흘러나왔다. 현서는 놀라움과 슬픔에 압도되어 꼼짝할 수 없었다. 남자가 경계하는 눈빛을 보였다. 남자는 현서의 앞에 서 있는 아이의 손을 낚아채 강하게 끌고 갔다. 현서가 아이의 다른 쪽 손을 잡았다.

"이름이 뭐야?"

다급하게 묻는 말을 남자가 가로막았다.

"뭐 하고 서 있어? 빨리 가!"

남자가 소리치자 아이가 소스라쳤다. 커다란 눈망울에 눈물이 맺혔다. 애처로운 눈빛으로 현서를 쳐다보고는 체념한 듯 힘을 빼고 남자에게 끌려갔다. 현서는 숨이 막히고 심장이 조여드는 와중에도 아이의 모습을 놓치지 않으려고 애썼다. 남자에게 어깨를 붙잡혀 이끌려가다가 남자가 무언가를 속삭이자 아이의 발걸음이 빨라졌다. 아이가 신은 슬리퍼는 아이의 발보다 작았다. 튀어나온 발뒤꿈치에 굳은살과 피딱지가 붙어 있었다.

아이의 발을 보자 이모의 지하방에서 헬렌의 손을 잡고 도망쳐 나오던 날이 떠올랐다. 뒤꿈치가 쓰라렸다. 귓속이 울렸다. 신발을 신을 겨를조차 없었다. 삼촌이 현관문을 열어놓은 채 고약한 냄새가 나는 옷더미를 들여놓을 때 헬렌의 손을 잡고 뛰쳐나왔다. 삼촌에게서 술냄새가 진동했다. 언제나처럼 웅크리고 앉아 맞을 수 없었다. 그 전날 서랍장 모서리에 머리를 부딪쳐 귓속이 찢어질 것처럼 아팠다. 더는 등을 밟히고 싶지 않았다. 살고 싶었다. 계단을 뛰어올라 골목길을 빠져나왔다. 차가 다니는 큰길로 나와 지나가는 이의 손을 붙잡았다.

"살려주세요."

그 사람이 더럽다는 듯 손을 뿌리쳤다. 다른 이를 붙잡았다.

"구해주세요."

그 사람은 잠시 망설이더니 돌아섰다. 삼촌이 쫓아와 헬렌의 팔을 붙잡았다.

"가자."

삼촌이 웃으며 말했다. 헬렌이 파르르 떨었다. 현서는 헬렌의 다른 쪽 손을 잡고 있었다. 삼촌에게 붙잡히기 전에 현서는 헬렌의 손을 놓고 도망쳤다. 다시는 그곳으로 끌려가고 싶지 않았다. 세상의 가장 나쁜 것들이 모두 그곳에 있었다.

이모에게 잡혀 지하방으로 다시 갔을 때 헬렌의 배가 이상하게 부풀어올라 있었다. 헬렌은 배가 아프다고 바닥을 굴렀다. 현서를 알아보지 못했다. 눈을 감은 채 짐승 같은 신음 소리만 냈다. 이모와 삼촌이 헬렌을 데리고 나갔다. 헬렌은 다시 돌아오지 않았다.

"헬렌은 어디에 있어요?"

현서가 물으면 이모가 대답했다.

"마마가 데리고 갔다. 삼촌 앞에서 헬렌 얘기 꺼내지 마라."

현서는 이모 말을 믿을 수 없었다. 헬렌과 현서는 누구라도 먼저 지하방을 나가게 되면 남은 하나를 구해주자고 약속했다. 헬렌을 기다리다 지치면 헬렌은 어디에 있느냐고 또 물었다. 삼촌은 헬렌을 찾는 현서의 배를 밟았다. 이모가 겁에 질린 얼굴로 삼촌에게 매달렸다. 삼촌이 나가고 나면 이모가 현서의 배를 어루만지며 말했다.

"헬렌은 여기 없었던 거야. 헬렌은 엄마한테 갔어. 앞으로 절대 헬렌 얘기를 하지 마라."

현서는 계속 헬렌을 기다렸다. 경찰이 지하방에 들이닥쳤을 때 현서는 먼저 헬렌이 어디에 있는지 물었다. 파랗게 질린 이모가 현서의 입을 막았다. 현서는 아빠, 엄마보다 헬렌이 보고 싶었다.

검은 피딱지가 내려앉은 헬렌의 발이 시야에서 멀어지고 있었다. 십이 년 전처럼 삼촌이 헬렌을 끌고 가게 둘 수 없었다. 헬렌을 붙잡아야 했다. 발뒤꿈치에 통증이 몰려왔다. 현서는 발을 절뚝거리며 아이를 뒤따라갔다. 유나가 현서를 붙잡았다.

"무슨 일이야?"

유나의 목소리가 아주 먼 곳에 있는 것처럼 들렸다. 기억에 갇혀 허우적거리고 있는 것만 같았다. 현서가 겨우 말을 내뱉었다.

"헬렌을 끌고 가요. 헬렌이 돌아오지 않았어요. 기다렸는데, 계속 기다렸는데……."

"헬렌? 헬렌이 누군데?"

현서는 말문이 막혔다. 경찰도, 아빠도, 새엄마도 헬렌이 누구냐고 물었다. 그럴 때마다 현서는 헬렌은 헬렌이에요, 하고 대답했다. 헬렌이라는 이름 말고 헬렌을 설명할 수 있는 말이 없었다. 어른들은 그저 현서가 딱하다는 표정만 지을 뿐 정말로 헬렌이 누구인지는 궁금해하지 않았다. 상담선생님은 헬렌이 현서가 상상으로 만들어낸 친구라고 말했다. 상담선생님은 기억도 나지 않는 바비 인형을 들고 와 보여주었다. 머리 색, 입고 있는 옷, 눈동자 색깔까지 똑같지? 네가 계속 안고 있었던 인형이야.

현서의 눈앞에서 세상이 돌았다. 어지럼증이 몰려와 눈을 질끈 감았다. 목구멍으로 뜨거운 불길이 솟구쳐올랐다.

"이모한테 맡겨졌을 때, 그 방에 헬렌이 있었어요."

"그때가 몇 살이었지? 지금은?"

"그땐 일곱 살, 지금은 열아홉이에요."

"좋아, 십 년이 더 지났어. 이제 숨을 쉬어봐."

유나가 시범을 보이듯 숨을 들이마시고 내뱉었다. 현서가 유나를 따라하자 유나는 현서와 눈을 맞추며 잘했다고 고개를 끄덕였다. 그 아이는 더 이상 보이지 않았다. 유나가 현서의 두 손을 감싸쥐고 있었다. 숨을 쉬라고 규칙적으로 말했다. 숨구멍을 틀어막은 듯했던 이물감이 서서히 사라지면서 호흡이 차츰 돌아왔다. 현서는 꿈을 꾼 것만 같아 유나에게 물었다.

"선생님, 아까 그애 선생님도 보셨죠?"

"우리가 끼어들 만한 상황이 아니었어."

"그애가 구해달라고 했어요."

현서의 말에 유나가 고개를 저었다. 그애가 온몸으로 말하는 걸 유나가 보지 못한 걸까? 그토록 애타게 부르짖고 있었는데? 왜 그애를 붙잡았어야 했는지 유나에게 설명하고 싶은 한편 진짜 헬렌 얘기를 하면 유나가 헬렌을 환상이라고 말할까봐 겁이 났다. 헬렌을 얘기할 때 어른들이 지었던 표정을 유나가 그대로 지을까 두려웠다.

아빠는 현서가 이모에게 맡겨졌던 때의 이야기를 하면 얼굴을 붉히며 그 얘기를 꺼내지 말라고 윽박질렀다. 헬렌을 얘기하면 딱딱하게 굳은 얼굴로 대꾸하지 않았다. 현서가 아프기라도 하다는 듯 열을 재고 약을 먹였다. 어쩔 땐 한숨을 쉬고 고개를 절레절레 흔들었다. 가끔은 그만하라고 화를 냈다. 현서는 헬렌을 닮은 바비 인형을 베개 옆에 두고 '네가 헬렌이야?' 하고 속삭였다. 헬렌은 꿈속에서 마마를 부르며 흐느꼈다. 금발의 아이만 보면 쫓아가 이름을 물었고, 눈동자 색 외에 기억나는 게 없는 헬렌의 얼굴을 골똘히 생각했다. 유나를 만나고 난 후로는 헬렌이 떠오를 때면 국어사전을 뒤졌다. 구원, 도망치다, 벗어나다, 빠져나오다, 피하다. 모든 말이 시시하고 힘이 없었다. 십수 년이 지난 지금도 그때도 헬렌과 현서를 구할 언어는 이 세상에 존재하지 않았다.

몰려올 듯 기미만 보인 태풍이 섬을 비껴 지나갔다. 땅에 있는 모든 걸 불태우려는 것처럼 해가 끓어올랐다. 현서는 아직도 자신이 손을 붙잡고 이름을 물었던 아이가 방파제에 끌어올려진 그 아이라는 사실이 혼란스러웠다. 아이는 현서보다 머리 하나 정도 작았다. 방파제의 아이가 같은 옷, 같은 머리카락 색깔, 같은 체격임에도 현서는 자신과 마주쳤던 그 아이가 아니길 간절히 바랐다. 흔적도 없이 사라진 헬렌이 자신을 증명하기 위해 다시 나타난 거라는 생각에 자꾸만 사로잡혔다. 도움을 청하는 작은 손을 붙잡지 못하고 놓쳐서 어떻게 되었는지 똑똑히 보라고 하는 것만 같았다.

주차장의 가림막이 내려진 모텔을 지나고 길 한쪽에 줄지어 세워진 컨테이너와 횟집, 백반집을 지나면서 현서는 그 아이를 죽게 내버려둔 사람에 대해 생각했다. 그 아이의 모습에 배가 부풀어오른 채 신음하던 헬렌의 모습이 겹쳐졌다. 삼촌의 발이 그 아이의 배를 밟고 삼촌의 손이 그 아이의 목을 짓눌렀다. 호흡이 가빠졌다. 걸음을 멈추고 마스크를 턱으로 내렸다. 차가 오가는 사차선 도로 건너에 그 아이가 발견된 방파제가 있었다. 흩날리는 폴리스라인과 방파제 주위를 돌아다니는 경찰이 보였다. 아이의 죽음은 완전한 사실이었다.

헐떡이는 숨을 고르며 눈앞에 보이는 편의점으로 들어갔다. 경찰 몇 명이 냉동고 앞에 서서 아이스크림을 먹고 있었다. 따갑게 내리꽂히는 햇빛에 인상을 잔뜩 찌푸리고 서 있는 경찰의 얼굴이 하나같이 붉게 달아올라 있었다. 현서는 경찰들을 등지고 냉동고 앞 플라스틱 의자에 앉았다. 귀에 소리가 나지 않는 이어폰을 꽂았다. 한 경찰이 낮은 목소리로 말했다.

"신종 바이러스가 난리긴 하지만 이렇게 빨리 정리해버리면 수사가 어렵지 않습니까?"

또 다른 남자 경찰이 퉁명스럽게 대꾸했다.

"현장 보존했다가 바이러스에 감염됐다는 얘기라도 나오면? 그건 누가 책임지나?"

"바이러스가 남는다면 방파제 주변도 마찬가지죠. 방파제는 소독해버리고 현장을 수색하라니, 말이 안 돼요."

여자 경찰이 투덜거리자 나이가 지긋한 남자 경찰이 대답 대신 다 먹은 아이스크림의 포장 비닐을 구겨서 쓰레기통에 던져 넣었다. 현서는 경찰을 돌아보았다가 백팩을 테이블 위에 놓고 고개를 파묻었다.

경찰들이 현서가 앉아 있는 플라스틱 의자를 지나쳐 갔다. 현서는 고개를 들어 횡단보도를 건너는 세 사람의 뒷모습을 바라보았다. 길 건너 방파제의 노란색 폴리스라인이 보였다. 숨을 길게 내쉬고 짧게 들이마셨다. 호흡을 가다듬은 뒤 의자에서 일어났다. 편의점에 있던 경찰들이 해변으로 이어진 산책로로 걸어가는 걸 눈으로 좇다가 횡단보도를 건넜다.

뙤약볕 아래 방파제가 환하게 드러났다. 늘어진 폴리스라인 뒤로 아이가 있던 자리가 방치되어 있었다. 표면이 고르지 않은 회백색 콘크리트엔 아이의 죽음에 대한 흔적이 아무것도 남아 있지 않았다. 핏자국은 물론 아이가 있던 자리를 표시한 선조차 그려져 있지 않았다. 소독약 냄새만 희미하게 떠돌아다닐 뿐이었다.

낚싯대를 들고 온 중년 남자가 방파제 위를 살피더니 폴리스 라인을 넘어갔다. 뒤늦게 남자를 발견한 경찰이 들어가면 안 된다고 소리치자 왜 안 되냐고 물으며 방파제에서 내려오지 않았다. 흙 묻은 등산화를 신은 남자의 발이 아이의 몸이 있던 자리를 무심하게 밟았다. 죽었다고? 누가? 남자의 목소리가 방파제 위를 공허하게 맴돌았다. 경찰이 대답하지 않자 남자가 혼잣말을 하듯 중얼거렸다. 무슨 일이 있었나?

그늘 하나 없는 뙤약볕에 정수리가 뜨거웠다. 불씨가 머리에 달라붙어 온몸으로 퍼져나가는 것 같았다. 누군가의 무심한 목소리가 귓전에 울렸다. 애가 죽었대요. 또 다른 목소리가 말했다. 겁도 없이 바다에 뛰어들면 안 되지. 잔잔해 보여도 물때를 잘못 만나면 그냥 휩쓸려간다니까. 현서는 그렇게 말한 목소리를 돌아보았다. 아크릴 재질의 작업복을 걷어올린 남자가 방파제 아래를 내려다보며 큰 목소리를 내고 있었다. 남자를 노려보는 두 눈이 따끔거렸다. 지켜만 보는 구경꾼보다 아무렇게나 말하는 사람이 더 끔찍했다. 남자가 경찰을 붙잡고 말했다. 내 여기 삼십 년을 살았는데 여름만 되면 꼭 한둘이 죽어나간다고! 끊어진 폴리스라인이 바람에 흩날렸다. 사람들이 끊어진 곳을 통해 방파제 위로 올라갔다.

감식복을 입은 수사관이 경찰봉을 휘두르며 물러서라고 소리쳤다. 아이의 몸이 방파제에 끌어올려졌을 때에도 똑같은 옷을 입은 사람이 경찰봉을 휘둘렀다. 채 한 시간이 지나지 않은 것 같은데 아이의 몸만 완전히 사라졌다.

오른쪽 팔뚝이 욱신거렸다. 오전에 있었던 일을 증명하듯 경찰봉에 맞은 팔에 붉고 푸른 멍이 선명하게 부풀어올라 있었다. 몸은 거짓말을 하지 않지. 창문으로 햇살이 쏟아져들어오는 방에서 상담선생님이 말했다. 어른들은 아무것도 모르면서 상담을 받으면 좋아질 거라고 얘기했다. 그중 상담선생님이 제일 몰랐다. 따라해봐, 몸은 거짓말을 하지 않는다. 마음을 숨길 수 있어도 몸은 가릴 수 없다. 네 몸을 어루만져주렴. 마음이 좋아질 거야.

다 틀렸다고, 헛소리라고 언제나 소리치고 싶었다. 거짓말하는 건 몸이었다. 몸의 상처는 아무 일도 없었던 것처럼 회복되고 말았다. 작고 어린 몸은 약해서 쉽게 짓밟혔다. 몸은 아이를 아무렇게나 대해도 되는 미숙한 존재로 보이게 만들었다. 몸은 아이에 대해 아무것도 말하지 못했다.

목구멍이 조여드는 느낌에 숨을 크게 들이마셨다. 오랫동안 내뱉지 못한 채 속에서 들끓어오르며 쌓인 말들에 숨이 막혔다. 말이 끓어올라 터질 듯 차올랐다. 불규칙하게 뛰는 맥박 소리가 들렸다. 심장이 멈출지도 모른다는 공포감이 온몸을 잠식해나갔다. 숨을 쉬지 못해 곧 의식을 잃고 말 거라는 공포에 완전히 지배당했을 때 불현듯 그 아이의 발이 눈앞에 나타났다. 상처투성이였던 아이의 발에서 헬렌이 걸어나왔다. 아이는 피딱지가 앉은 발이 아파서 바닷물엔 절대로 들어가고 싶지 않았다고 속삭였다. 외로웠을 거야. 무섭고 슬펐겠지. 눈물이 흘러나오며 딱딱하게 굳어 있던 몸에 뜨거운 열기가 솟구쳤다.

아이는 이 자리에 살아 있었고, 헬렌은 지하방에 있었다. 주먹을 쥔 손에 불길이 일었다. 아이를 사라지게 만든 사람은 벌을 받아야 해. 사실을 꺼내지 않는다면 드러내야지. 용서하지 않았다는 걸 보여줘야지. 생각에 생각이 꼬리를 물자 어느새 두려워하지 않고 숨을 쉬고 있었다. 솟구쳐오르는 말들을 내리누르며 천천히 눈을 감았다. 그 아이가 있던 자리가 빛이 되어 눈을 감아도 눈앞에 어른거렸다. 심장이 빠르게 뛰었다. 이젠 누가 뭐라든 헬렌을 찾을 수 있을 것 같았다.

2
부메랑의 방향

북태평양에서 밀려올라온 뜨겁고 축축한 공기 덩어리가 여름의 모든 것에 달라붙었다. 진철이 꺼내 입은 검은색 양복으로 지글지글 끓는 열기가 모조리 흡수되는 듯했다. 몇 걸음 걷지 않아 땀에 전 바지가 다리에 감겼다. 방역용 마스크에 가득 찬 숨에 한증막을 걸어가고 있는 것 같았다.

진철은 거리에 쓰러지고 나서의 일을 상상했다. 누군가 몸을 흔들어보다가 깨어나지 않으면 구급차를 부를 것이고 병원에 실려가겠지. 의식이 없는 채로 병원에 실려가는 일은 두 번 다시 겪지 않으리라 다짐했었다. 지금은 경찰서에 참고인 조사를 받으러 가는 것과 병원에 실려가는 것 중 무엇이 더 끔찍한지 선택하라고 한다면 정할 수 없을 것 같았다. 경찰서에 가지 않고 이 모든 일이 끝날 때까지 어딘가에 틀어박혀 숨어 있고 싶은 심정이었다.

현서가 어제 그 여자와 있지 않았다면 그렇게 몰래 뒤를 밟지 않았을 것이다. 진철은 영어 선생이라는 여자의 인상이 처음부터 마음에 들지 않았다. 사람을 내려다보는 눈빛과 의례적인 미소를 짓는 얇은 입술이 특히 그랬다. 현서의 가정 환경이 폭력적이라고 얘기할 때 겉으로는 아무렇지 않은 척했지만 속에서는 얇은 입술을 후려갈기고 싶은 마음을 억누르고 있었다. 입이 짧고 잠이 없는 여자아이를 이십사 시간 돌본 경험이 그 여자한테도 있을까. 아무것도 먹지 않아 과자를 줬더니 부스러기를 흘리며 갉아먹다가 지하방 얘기를 하며 악을 쓰는 애를 달래본 적이 있을까. 진철은 그 어려운 시절을 모두 겪고 여기까지 온 게 얼마나 대단한 일인지 그 여자는 다시 태어나도 이해하지 못할 거라고 생각했다.

현서가 태어나던 날 태풍이 왔다. 예정일보다 한 달이나 빨리 양수가 터져버렸는데 앞이 보이지 않을 정도로 비가 쏟아져 차를 몰고 가다가 집으로 되돌아왔다. 구급차를 부르자 도로가 침수되어 올 수 없다고 했다. 현서 엄마가 죽겠다고 소리를 질렀다. 휴대전화 연락처를 뒤지다 보이는 대로 전화를 걸어 주변에 아는 의사가 없는지 수소문했다. 식은땀을 흘리며 고통스러워하던 현서 엄마가 의식을 잃을 지경이 되었을 때 조산사로 일하는 친척이 있다는 직장 동료를 겨우 찾을 수 있었다.

비에 흠뻑 젖은 채 작은 가방 하나를 들고 온 조산사는 양수가 먼저 터졌다는 얘기를 듣고는 현서 엄마를 보지도 않고 돌아가려고 했다. 진철은 조산사를 붙잡고 무릎을 꿇었다. 일이 잘못되더라도 원망하지 않을 테니 애를 받아달라고 애원했다.

꼬박 두 시간 뒤에 현서가 태어났다. 갓 태어난 현서는 보통의 신생아보다 훨씬 작았다. 비바람이 휘몰아치던 그 밤, 젖을 물려도 빨지 못해 날이 밝기 전에 죽을 수도 있겠다고 생각했다. 까무룩 잠이 들었다 깨어나니 아침이 되어 있었다. 태풍이 지나갔고 거짓말처럼 날이 갰다. 아이의 가슴에 귀를 대자 심장이 뛰고 있었다. 벅찬 기쁨에 휩싸여 평온하게 잠들어 있는 아이의 얼굴을 한참 뜯어보았다. 그 작은 얼굴에 자신의 모습이 보이는 게 신기해 시간 가는 줄 몰랐다. 현서는 크면서도 늘 또래보다 한 뼘 넘게 작고 병치레가 잦았지만 책을 좋아하고 영리했다. 다섯 살 때 몇 권 안 되는 그림책을 닳도록 보더니 혼자 한글을 깨쳐 냉장고에 붙여놓은 배달 쿠폰을 읽었다. 휴대전화를 주고 짜장면을 시키라고 하면 집 주소를 말하고 주문까지 했다. 여섯 살 때에는 감기에 걸려 끙끙 앓고 있자 주머니에서 돈을 찾아 나가서 약을 사왔다.

진철은 현서가 이토록 다루기 어려운 아이가 된 게 좀처럼 믿기지 않았다. 일곱 살 때의 일을 모두 잊은 듯 고분고분하게 공부만 하던 애가 선생이라는 여자를 만나고 난 뒤부터 눈빛이 완전히 달라졌다. 진철을 노려볼 때 현서의 눈빛이 자신을 질책하는 것 같아 현서를 보면 자꾸 화가 났다. 수험생이면서 학교에 가지 않고 독서실에서 공부를 한다더니 아무 때나 집에 와버렸다. 마음을 딴 데 빼놓은 모습에 저도 모르게 큰소리가 나오는 걸 어쩔 수 없었다. 도리어 대들기만 하는 애를 어떻게 해야 바로잡을 수 있을지 영 방법이 떠오르지 않았다. 이제는 현서만 생각하면 골치가 아팠다.

불과 두어 시간 전, 민석이 현관 유리를 두드리며 "형님" 하고 불렀던 순간을 곱씹어보았다. 180센티미터는 족히 되는 키에 걸쭉한 목소리, 처음에는 누구인지 짐작이 가지 않았다. 안전고리를 걸고 문을 열었다. 그가 민석이예요, 형님, 기억나시죠? 하고 사람 좋게 웃어 보였다. 같은 조에서 근무하다 진철이 원청으로 간 걸 두고 거친 욕을 퍼부었던 후배들 중 하나였다. 길거리에서 마주치면 보란 듯 침을 뱉으며 알은척도 하지 않았다. 민석은 자기 집이라도 되는 양 한 치의 주저함 없이 신발을 벗고 들어왔다. 깨끗한 검은색 양말, 반들거리는 신사화가 생경하게 여겨졌다. 물이라도 한 잔 주려고 부엌으로 들어가자 민석이 일단 앉으라고 소파를 가리켰다.

민석은 지갑에서 명함을 꺼내 내밀었다. '태산개발'이라고 써 있는 황금색 명함에 비서실장이라는 직책이 찍혀 있었다. 그리고 또 한 장의 명함을 내밀었다. 태산개발 대표 김기운의 명함이었다. 돈만 되면 무슨 일이나 하던 김기운이 이젠 이 지역에서 제일 큰 인력 사무소를 운영한다는 소리를 듣긴 했지만 대표 직함을 마주하고 보니 입이 썼다. 김기운이라니, 느낌이 좋지 않았다.

"자네가 결혼은 했었나?"

진철이 묻자 민석이 껄껄 웃었다.

"형님. 언제 적 얘기를 하십니까. 첫째가 벌써 중학생입니다."

소파에 나란히 앉아 있는 게 머쓱해 손톱을 내려다보고 있었더니 민석이 입을 열었다.

"형님이랑 일할 때는 제가 세상 물정을 몰랐습니다. 형님이 산재로 보상금을 받지 않으셨습니까. 그걸로 이삿짐센터도 차리시고요. 그러고 나니까 원청이 하청에서 정규직을 뽑지 않고 정규직 공고를 따로 냈지 않습니까. 그때는 정규직 될 문이 닫혀버렸다 하고 형님을 원망했습니다."

딱딱하게 굳은 얼굴로 병문안을 왔던 같은 조 사람들이 떠올랐다. 수군거리며 뒷말을 하던 것도 생각났다. 일부러 다친 것도 아닌데 두고두고 죄인 취급하던 게 떠오르자 울분이 차올랐다. 민석이 지금 다시 보상금 얘기를 꺼내는 의도가 궁금했다. 김기운이 현서 일곱 살 때 일을 문제 삼지 말라고 보낸 걸까? 이제 와서 왜? 김기운은 대표가 되고 공인이 된들 과거의 잘못을 사과하고 용서받을 만한 인물이 아니었다.

　그때의 사고 때문에 현서가 일곱 살 때 김기운의 집에 맡겨졌다. 정말로 한순간에 족장에서 떨어졌다. 선박 일을 하면서 발한번 잘못 딛는 순간 목숨이 날아간다는 말은 농담이 아니었다. 용접 일이 숙련되어 손에 익었어도 조심하고 또 조심했다. 혹시라도 부주의한 순간이 있으면 같이 일을 하는 작업자들끼리 서로 호통을 치며 사고가 나는 것을 막았다. 사고가 나던 날, 그렇게 바라던 원청의 작업복과 안전모를 쓰고 있었다. 현서 엄마가 현서를 이웃집에 맡겨놓고 도망가버렸지만, 정규직이 되었으니 다시 돌아올 것이라 생각했다. 원청 소속만 갈 수 있는 구내식당에서 불고기 덮밥을 배불리 먹었다. 얼마 만에 먹는 밥다운 밥인지 몰랐다.
　케이싱 안의 분위기가 전과 같지 않다는 걸 알았지만 원청 자리를 포기할 순 없었다. 후배 하나가 눈이 빨개져서 어떻게 그럴 수 있느냐고 대들었고 진철은 새로 받은 작업화에 커다란 침방울이 튀는 것을 보면서 후배의 무례를 참았다. 그렇게 자리를 얻지 않으면 언제 순서가 올지 몰랐다. 케이싱 안은 한증막처럼 뜨거웠지만 정규직이 되었으니 그럭저럭 괜찮다고 여겨졌다. 쉬는 시간이 되자 평소와 달리 대부분의 인부가 케이싱 밖으로 나갔다. 진철은 쉬지 않고 계속 일했다. 정규직이 될 자격이 충분하다는 걸 보여주고 싶었다.

족장을 밟자마자 일이 잘못되었다는 걸 알았다. 아래로 떨어진다 싶더니 허리가 뒤틀리는 고통과 함께 불이 꺼진 듯 눈앞이 깜깜해졌다. 다리인지, 허리인지 어디에서 시작되었는지 판단하기 어려운 통증이 계속되는 와중에 의식은 어느 때보다 맑게 깨어 있었다. 사람들이 나를 보면 오늘 일을 반성하겠지. 다쳐서 꼼짝을 못하면서 진철은 이제 정규직이 된 것을 놓고 누구 하나 뭐라고 하지 못할 거라고 생각했다. 발끝을 움직여보았다. 발가락이 작업화의 딱딱한 앞코에 닿는 게 느껴졌다. 감각이 있으니 괜찮을 거야. 원청이니까 산재가 되겠지. 하청 소속이었다면 봉고에 실려가 제대로 치료를 못 받았을 텐데 불행 중 다행이야. 이러니까 정규직, 정규직 하는 거 아니겠어? 이상하게 눈에서 눈물이 쉴 새 없이 흘러내렸다. 손을 들어 닦고 싶었지만 움직일 수 없었다. 비명 소리, 웅성이는 말소리, 분주한 발자국 소리가 지나가고 진철은 3인실의 병상 위에서 깨어났다. 으스러진 골반뼈를 붙이고 철심을 박는 수술이 모두 끝난 후였다.

깨어났다는 걸 어떻게 알았는지 이웃집에서 현서를 데리고 왔다. 사정이 안됐지만 현서를 더 돌봐줄 수 없다고 했다. 진통제 기운이 가시면 날카로운 바늘로 뒷골을 쑤시는 것처럼 두통이 몰려왔다. 눈을 뜨지 못할 정도였다. 진철은 현서 엄마가 나타나지 않는 걸 용서할 수 없었다. 현서는 보호자 침상에 앉아

발을 까딱거리다가 누웠다가 채 오 분을 가만히 있지 못했다. 휴대전화를 쥐봤자 그것도 잠시일 뿐, 배가 고프다고 했다가 화장실에 가고 싶다고 했다가 엄마를 찾으며 울었다. 자꾸 우는 현서가 꼴도 보기 싫을 만큼 미워서 엄마 찾아가버리라고 윽박질렀다.

같은 병실을 쓰는 환자들의 인내심도 바닥나 애 좀 어떻게 해달라는 말을 들어야 했다. 현서를 부탁할 곳이 정말로 마땅치 않았다. 친척들과는 연락이 끊어진 지 오래였고 하나 있는 형은 막노동판을 떠돌아다니며 살았다. 인사팀 직원이 병문안을 왔다가 진철을 안타깝게 여기고 현서를 데리고 갔지만 다음날 아침이 되자마자 데리고 왔다. 엄마 아빠를 찾으며 우는 걸 달랠 도리가 없었다고 했다. 현서 엄마는 문자 메시지를 본 게 분명한데 끝까지 연락이 없었다. 대소변조차 간병인의 도움을 받아야 하는 처지에 현서를 성가셔하는 간병인의 눈치를 보는 일은 몸이 아픈 것 이상으로 괴로웠다.

현서 엄마의 사촌동생이라는 지윤이 병문안을 왔을 땐 지푸라기라도 잡는 심정이었다. 사촌 중에 유독 닮아서 친자매처럼 지냈다는 말을 듣긴 했는데 결혼식 때 잠깐 스친 후로 만난 건 처음이었다. 현서 엄마와 연락이 되지 않아 수소문해 찾아왔다고 했다. 현서는 잠깐 사이에 현서 엄마의 사촌을 이모라고 부르며 따랐다. 퇴원할 때까지 현서를 돌봐줄 수 있겠느냐고 부탁하자 잠깐 고민하더니 흔쾌히 할 수 있다고 했다. 답답한 병실에 갇혀 있던 현서는 이모가 놀이터에 데리고 간다고 하자 신이 나서 따라갔다.

진철이 현서의 안부를 묻는 전화를 하면 지윤은 밝은 목소리로 현서는 잘 지내니 걱정 말고 치료에 전념하라고 했다. 형부, 이제 좀 괜찮으세요? 언니 소식은 아직도 없나요? 묻는 말이 외로운 병실에서 위로가 되었다. 현서가 그 집에서 그런 일을 당할 줄은 상상도 하지 못했다. 김기운과 함께 살고 있었다는 것도 현서가 돌아오고 나서야 알았다. 지윤은 어쩔 수 없었다고 눈물만 흘렸다. 엄벌 탄원서를 내겠다고 하자 그 사람 그렇게 나쁜 사람 아니에요, 한 번만 봐주세요 하고 빌었다. 결정적인 순간 인정에 마음이 쏠려 우유부단하게 행동했던 게 문제였을까. 김기운을 그렇게 봐주는 게 아니었는데 싶어 또다시 후회가 됐다.

진철이 계속 말없이 있자 민석이 헛기침을 하더니 얘기를 시작했다.

"어제 오후 세 시 사십 분쯤, 차를 타고 여자아이를 뒤쫓으셨죠? 경찰에서 참고인 조사를 받으러 오라고 연락이 올 겁니다."

"김기운이가 사고 쳤나?"

"대표님이라고 부르시죠. 그렇게 형님이 이름을 함부로 불러도 되는 분이 아닙니다. 경찰서에 가면 형님이 본 것 그대로 말하세요. 경찰에서 신원 파악조차 못하고 있을 테니 우리가 경찰을 좀 도와주자, 이 말입니다."

진철은 그 아이가 변사체로 발견되었다는 속보를 봤다. 기운과 외국인 여자아이가 무슨 관계가 있는지 짐작이 가지 않았다. 무언가를 감추려는 속셈인 것만은 확실했다.

"등산로 쪽으로 올라가는 걸 보고 차 돌려 나왔어. 참고인이라니 무슨……."

"그걸 그대로 경찰에 가서 말씀해주시면 됩니다. 그 친구가 김 소장님 아들입니다. 김 소장님 기억나시죠? 형님 다쳤을 때 애 많이 써주시지 않았습니까."

"김 소장님 아들이라고?"

한 다리 건너면 모르는 사람이 없는 좁은 동네라지만 어떻게 이렇게 얽힐 수 있을까 싶었다. 진철이 다쳤을 때 현장 책임자였던 김 소장은 원청 인사팀에 진정서를 넣어 산재 처리가 되도록 도왔다. 제대로 산재를 받아야 하청 작업자의 처우 또한 좋아질 거라는 계산이었는데 일이 다른 쪽으로 굴러가자 원청과 맞서다 사직서를 냈다. 여자아이를 데려가던 남자가 김 소장님 아들이었다는 게 믿기지 않았다. 김 소장님의 아들이라면 더더욱 경찰에게 아무것도 말해줄 수 없었다. 진철의 기색을 살피던 민석이 상황을 설명했다.

"김 소장님도 이미 알고 계십니다. 우재를 일하게 해달라고 부탁한 게 김 소장님이었으니까요. 아, 그 친구 이름이 김우재입니다. 나이는 스물둘이고요. 작업장으로 인부를 실어나르는 일을 했는데 여자애가 전봇대에 붙은 모집 공고를 보고 나왔다고 합니다. 애한테 일을 시킬 순 없으니까 인부 먼저 작업장에 보내고 데리고 있었나봅니다. 여자친구도 없었다고 하고, 실수를 한 것 같습니다."

"실수? 또래도 아니고 애한테? 그 친구가 나쁜 짓을 할 것 같진 않았어."

"형님은 차에서 봤는데 어떻게 압니까? 경찰에 가서 아는 사람 아들이 여자애를 억지로 끌고 가서 따라갔었다, 이렇게만 말하세요. 알겠습니까?"

민석이 목소리를 높였다. 진철은 기분이 상했다. 어디서 큰소리냐고 당장 내 집에서 나가라고 하고 싶었다.

김 소장 아들이 처음에는 여자애를 끌고 갔지만 등산로 앞에서는 아니었다. 산 위를 가리키며 아이에게 무언가를 한참 말했다. 그러곤 아이에게 반대쪽 길을 가리켰다. 아이가 등산로로 향하자 아이의 팔을 잡았다. 누가 봐도 올라가지 말라고 말리는 모양이었다. 아이가 등산로로 올라가자 내키지 않는다는 발걸음으로 따라갔다.

현서가 그 아이를 쫓아가며 헬렌의 이름을 울먹이는 소리가 열린 차창문 안으로 들려왔다. 여전히 헬렌을 찾는 현서의 절박함에 마음이 아렸다. 현서가 원하는 걸 뭐라도 해줘야 한다는 생각에 사로잡혀 남자와 아이를 차로 뒤쫓았다. 이차선 도로 옆의 보도블록을 걸어가는 두 사람을 천천히 뒤따르는 동안 저 아이를 데려간다면 현서가 그동안의 잘못을 뉘우치겠지 하는 기대감에 부풀어올랐다. 저를 걱정하고 이해하는 아빠 마음을 헤아리지 못했어요. 이제 헬렌을 그만 찾고 아빠가 시키는 대로할게요. 잘못을 비는 현서의 모습을 떠올리고 코끝이 시큰해지기도 했다.

기어를 드라이브에 놓고 엑셀을 거의 밟지 않은 채 따라가다가 뒤에서 빵빵거리는 차에 두어 번 길을 내주고 나니 피로감이 급격히 몰려왔다. 등산로 앞 주차장에 차를 세우고 두 사람이 실랑이하는 모습을 지켜보자니 언제라도 손님이 찾아올지 모르는 사무실을 비워두고 한심한 일을 하고 있다는 생각마저 들었다. 둘이 등산로 쪽으로 걸어가는 것을 보고 차에서 내려 따라가야 하나 경찰에 신고라도 해야 하나 망설였지만 막상 몸이 움직여지지 않았다. 둘은 금세 시야에서 사라져버렸다.

둘을 따라갔다가 왜 따라오느냐고 따지면 구구절절 현서 얘기를 할 수도 없고, 설사 남자가 위험한 사람이라 하더라도 아이에게 자신과 함께 가자고 할 명분이 없었다. 등산객 한 무리가 두 사람이 올라간 길을 뒤따라가자 여름 낮에 버젓이 사람이 오가는 등산로에서 무슨 일이 생기겠나 싶었다. 주차비를 내지 않으려면 주차장에서 그만 차를 돌려 나가야 했다. 주차장 차단기가 금액이 찍히지 않고 올라가자 서둘러 그곳을 빠져나왔다. 집 앞에 차를 대면서는 둘을 따라가지 않은 게 잘한 일이라는 생각마저 들었다. 남 일에 끼어들었다가 좋았던 적이 한 번도 없었다.

TV를 틀었다가 속보를 보고는 아무도 없는 집에서 주위를 살폈다. 아이가 죽었다니, 믿기지 않았다. 채널을 돌리며 다른 소식이 없는지 찾았다. 자신이 두 사람을 뒤쫓았다가 그냥 돌아온 걸 알면 현서가 어떻게 생각할까를 떠올리자 식은땀이 났다. 그런데 목격자라니, 진술이라니! 아무리 생각해도 피해갈 방법이 떠오르지 않았다. 이렇게까지 지독하게 엮인 김기운이 원망스러웠다.

진철은 명함의 '태산개발'이라는 글자를 골똘히 바라보다 물었다.

"자네 말은, 김 소장님 아들이 그애를 죽였다는 건가?"

"안타까운 일이지만 그렇습니다."

"고작 일고여덟 살 아이가 벽보를 보고 인력 사무소로 찾아왔다고? 그걸 누가 믿나? 부모는?"

"사실이 그런 걸 어쩌겠습니까? 부모도, 아이의 국적도 모릅니다."

"자기 식구라면서 왜 숨겨주지 않나?"

민석은 예상했던 질문인 듯 망설이지 않고 대답했다.

"경찰이 나서면 곤란하다는 거 잘 아시지 않습니까. 밀입국자, 불법 체류자 없이 어떻게 납기일을 맞춥니까. 걸리면 강제추방이니 서류에 손을 좀 댔습니다. 수주 받은 일을 소화하려면 손 하나가 급합니다. 일은 넘치는데 신종 바이러스 탓에 사람 구하기가 어렵습니다. 대표님이 원하시면 자리 하나 마련해드린다고 합니다."

"우재라고 했나? 그 친구하고 입을 맞췄겠군."

민석이 진철을 지그시 보더니 미소를 지었다.

"기회를 잡는 게 능력이지 않습니까? 그런 쪽으로 밝은 분이니 걱정하지 않겠습니다. 그래도 되겠지요?"

진철이 마지못해 고개를 끄덕이자 경찰 조사 받고 나오면 전화주십쇼 하면서 진철의 등을 가볍게 친 민석이 자리에서 일어났다. 민석이 나가자마자 약속이라도 한 듯 경찰에서 전화가 왔다. 형사는 정중한 태도로 오늘 시간이 되는지 물었고 경찰서로 와서 조사에 임해달라고 했다. 진철은 순순히 그러겠다고 대답했다. 현서가 창백해진 얼굴로 헐레벌떡 들어왔다. 그 아이의 일을 몰랐으면 했지만 그 일에 이미 동요되어 있었다.

양복을 차려 입고 일 층 대문으로 내려가는 계단에 서니 오래된 철문이 흉측하게 입을 벌리고 있었다. 누가 집 안으로 들어온 건 아닌가 두리번거리다 이내 현서가 들어올 때 문을 닫지 않았다는 사실을 깨달았다. 현서는 도대체 왜 문을 닫지도 않고 닫았다고 하는지, 독서실에 있어야 할 시간에 집으로 오는 것인지, 시키는 대로 공부는 하지 않고 무슨 꿍꿍이를 품는 것인지 답답했다. 이렇게 사람들이 제멋대로 구니까 신종 바이러스가 자꾸 퍼지는 것이었다. 민석은 심지어 마스크를 턱에 걸치고 있었다. 경찰이라고 마스크를 제대로 쓸 리 없었다. 바로 지금, 정부가 유럽 어느 나라처럼 록다운을 선포하면 좋을 것 같았다. 나쁜 것이 들어오지 못하도록 닫아버리면 될 텐데 그 일을 왜 시도조차 하지 않는지 이해가 되지 않았다.

물론 그게 쉽지 않다는 걸 진철도 알았다. 화를 내고 단속하면 할수록 현서는 더 제멋대로 굴었다. 그래도 진철은 안전을 위해서 강제로라도 따라야 할 건 따르도록 만들어야 한다고 생각했다. 따르지 않으면 벌을 받는 것도 당연한 일이었다. 바람이 불어와 철문이 밀렸다. 앞으로 어떤 일이 닥칠지 도무지 짐작이 가지 않았다. 진철은 허락받지 않은 누구의 침입도, 그게 자식이라 하더라도 받아들이지 않겠다는 자세로 녹슨 철문을 끌어올려 닫았다.

뜨거운 거리를 걸으며 경찰이 묻는 질문에 답할 생각을 하니 입안이 타들어갔다. 민석이 부탁한 대로 진술해야 할지, 본 것을 솔직하게 털어놓아야 할지 마음을 정할 수 없었다. 김기운이 시키는 대로 하지 않아 경찰이 태산개발을 들쑤신다면 어떤 보복을 해올지 몰랐다. 김기운이 원하는 대로 진술했다가 그걸 현서가 알게 되는 상황은 생각조차 하기 싫었다. 현서는 새엄마 혜숙이 죽었을 때처럼 악을 쓰며 달려들 게 뻔했다. 원망하고 깔보고 아빠 취급조차 하지 않을 것이다.

혜숙이 그렇게 갑자기 가버릴 거라고는 진철도 예상하지 못했다. 현서 엄마가 새살림을 차리려고 독하게 인연을 끊었다는 것을 알게 된 뒤 현서를 어떻게 키우나 막막하던 차에 지인에게 소개받은 사람이 바로 신혜숙이었다. 혜숙은 사별하고 혼자 아이를 키워왔다고 했는데, 진철은 무엇보다 혜숙의 아이 이름이 현희인 게 좋았다. 개명을 하지 않아도 이름을 들으면 누구든 현서와 현희가 친자매라고 생각할 것 같았다. 혜숙은 현서 엄마와 체격부터 달랐다. 현서 엄마는 현서처럼 작고 약해서 툭하면 아프다고 누워 있었지만, 혜숙은 170센티미터인 진철과 키가 엇비슷했고 덩치가 진철보다 더 좋았다. 감기에 걸려도 반나절 만에 툭툭 털고 일어나는 게 혜숙이었고, 현서 엄마보다 더 살뜰히 현서를 챙겼다.

현서를 구해주었던 할머니를 찾아간 것도 혜숙의 고집 때문이었다. 김기운의 윗집에 살았던 할머니가 애들이 맞고 있다고 경찰에 신고했다. 현서가 돌아오고 다음해 봄, 혜숙이 할머니 댁에 가서 감사인사를 하자고 했다. 눈을 맞추지 않고 딴청을 피우는 진철에게 할머니는 애는 또 어쩌고 왔느냐고 호통을 쳤다. 혜숙이 할머니 손을 꼭 잡으며 현희는 어린이집에 가고 현서는 학교에 갔어요, 하자 마음이 놓였는지 애를 낳는다고 부모가 아니고 제대로 보살펴야 부모라고 말했다. 애를 키우지 못하겠거든 남의 집에 맡기지 말고 절에 데려다놓으라고, 아는 보살님은 버려진 애를 셋이나 훌륭하게 키웠다며 했던 말을 하고 또 했다.

"그놈은 인간 될 놈 아니여. 지 새끼를 개 패듯 패는데 그런 놈이 누구를 돌본단 말이여. 그놈 아들은? 그놈이 데리고 갔나?"

할머니가 묻는 말에 혜숙이 아마 그럴 거라고 했더니 진절머리가 난다는 듯 고개를 저었다. 할머니는 아이의 이름을 중얼거리며 불쌍해서 우째, 했다. 그놈이 키우게 두면 안 되는데 하면서 혀를 끌끌 차기도 했다. 할머니의 말에 혜숙이 눈물을 훔쳤다. 혜숙은 그 사람이 애들한테 얼마나 나쁘게 했으면 할머니가 그런 소리를 하느냐고, 현서를 잘 보듬어줘야 한다고 진철의 다짐을 받아냈다.

"정말 고마운 분이에요. 남의 집 일이라고 모른 척하기 쉬운데 전화로 신고해도 경찰이 안 오니까 경찰서에 가서 경찰을 끌고 왔다잖아요."

진철은 혜숙의 말에 가만히 있었지만 그렇게 동네가 시끄러웠으면 왜 진작 경찰을 끌고 그 집에 쳐들어가지 않았는지, 할머니는 물론 근처에 사는 이웃들을 책망하는 마음이 컸다. 일찍 신고를 해줬으면 바보처럼 실실대며 전화를 받고 현서가 잘 지내고 있다는 말을 곧이곧대로 믿진 않았을 것이었다. 현서가 그 집에서 맞고 지냈다는 사실에도 화가 났지만 사람을 얼마나 우습게 봤으면 애를 그렇게 대하면서 아무렇지 않게 자신을 속일 수 있었을까 싶었다. 거기에 생각이 미치면 화가 치밀어 눈알이 돌아갈 지경이었다. 현서의 일을 알게 된 주변 사람들이 애를 봐줄 사람이 하나도 없었던 사정을 알지도 못하면서 책임감 없는 부모로 깎아내리며 죄인 취급하는 것도 참기 어려웠다.

진철이 윗집 할머니 집을 나오면서 그 집에 다른 여자애는 없었냐고 물었다. 할머니는 그 말을 듣자마자 화를 냈다.

"왔다 갔다 하지를 않는데 그 집에 누가 있는지 내가 어떻게 알어? 지 새끼가 맞고 지내는 걸 자네는 알았나?"

"제가 여기 살았던 게 아닌데 어떻게 압니까? 할머니는 들으셨을 것 아닙니까?"

진철이 참지 못하고 목소리를 높이자 혜숙이 진철의 팔을 눌러 잡으며 눈치를 줬다.

"할머니, 우리 딸이 그 집에 다른 여자애가 있었다고 얘기해서요. 다들 거기엔 다른 애가 없었다고 하는데 딸만 그렇게 얘기하니까 이 사람이 딸을 걱정하는 마음에 여쭤본 거예요."

진철이 퉁명스러운 목소리로 끼어들었다.

"외국인 여자애가 말하는 소리를 못 들었다는 말씀이시죠?"

순간 할머니의 얼굴에 망설이는 빛이 스쳐지나갔다. 진철이 뭔가 있구나 생각하는 순간 앞집 문이 열리며 작업복을 입은 남자가 나왔다. 남자는 할머니 집 앞에 서 있는 진철과 혜숙을 날카로운 눈으로 살피곤 할머니께 고개를 숙여 인사를 하고 계단을 내려갔다. 할머니는 남자를 보자마자 눈에 띄게 당황하더니 문을 닫고 들어갔다. 진철이 닫힌 문을 두드리며 할머니를 불렀다. 할머니가 집 안에서 소리쳤다.

"몰러, 아무것도 못 들었어. 다시는 찾아오지 말어."

진철이 문을 계속 두드리자 혜숙이 진철의 팔을 잡아끌었다. 진철이 뭔가 이상하다고 말하자 혜숙은 아니라고, 당신이 예민한 거라고 했다. 그후로 진철이 몇 번 더 할머니 집을 찾아갔지만 갈 때마다 사람의 인기척이 나지 않더니 곧 그 집에 다른 사람이 들어와 살았다. 새로 이사 온 젊은 부부에게 할머니에 대해 묻자 연로하셔서 자식들이 모신다던데요?라는 말만 할 뿐이었다.

진철은 어린아이들이 곧잘 하는 사소한 거짓말조차 하지 않았던 현서가 헬렌이라는 아이를 실제로 있었던 일처럼 꾸며낸다는 게 영 믿기지 않았다. 지윤이 현서를 데려가면서 사줬다는 금발 머리의 바비 인형은 사 개월 만에 그렇게 됐다고는 믿을 수 없을 만큼 옷이 해지고 머리가 헝클어져 있었다. 현서는 그 인형을 진짜로 처음 보는 것처럼 굴었다. 다른 애가 더 있었는지 수사해봐야 하지 않겠느냐고 얘기했지만 김기운이 뭘 어떻게 했는지 경찰에서는 그럴 가능성이 없다고 했다.

김기운은 어딘가 꺼림칙한 구석이 있는 사람이었다. 외지에서 온 건 확실한데 어떤 때에는 고향이 제주라고 했다가 어떤 때에는 강원도라고 했다. 막일을 오래해서 어깨가 두툼하고 손마디가 굵었다. 인력 사무소를 차리고 나서는 일을 따내기 위해 지저분한 일도 마다하지 않고 처리했다. 일용직 노동자가 다치면 의사와 유족을 어떻게든 구워삶아 작업자 과실로 만들어버리는 일이 비일비재했다. 윗선에 줄을 대기 위해 여자들도 국적을 가리지 않고 데려왔다. 한동안 일대 유흥업소가 김기운 손바닥 안에 있다는 이야기까지 돌았을 정도였다.

방파제에서 발견된 아이도 그런 식으로 착취하려 했던 것일까? 두 사람을 계속 따라갔다면 어땠을까? 그랬다면 김기운의 약점을 잡을 수 있었을지도 몰랐다. 십이 년 전, 김기운의 죄를 입증하려면 현서가 얼마나 더 법정을 오가며 증언을 해야 할지 알 수 없었다. 현서에게 더 큰 고통을 주지 않으려고 덮었던 것인데, 그 일이 이렇게 예측하지 못했던 방향으로 되돌아온 것이 믿기지 않았다.

경찰서까지 가는 동안 오고 있느냐는 전화를 두 번이나 받았
다. 경찰서 앞에 서자 괜히 어깨가 움츠러들었다. 현서를 보호
하고 있다는 전화를 받고 왔을 때에는 무슨 정신으로 경찰서 안
으로 들어갔는지 기억나지 않았다. 온몸에 멍이 들고 피딱지
가 내려앉은 현서가 등받이가 높은 검은색 의자에 기대어 잠들
어 있었다. 진철이 현서야, 하고 부르자 현서는 눈앞에 있는 진
철을 보고도 무표정한 얼굴로 다시 눈을 감았다. 눈물을 흘리지
않고 칭얼거리지 않았으며 상처 입은 도자기 인형처럼 눈을 감
고 뜨는 일밖에는 아무것도 하지 않았다. 다친 몸이 아플까봐
안지도 못하고 거칠게 갈라진 손만 어루만졌다. 괜찮니? 괜찮
아? 물어도 대답이 없어서 누군가 심장을 움켜쥐고 흔드는 것
처럼 가슴이 미어졌다. 세수하고 양치해, 하면 치약을 묻히지
않은 칫솔을 물고 돌아다니던 현서는 어디로 갔는지, 일이 도대
체 왜 이렇게 되어버렸는지 알 수 없었다. 덜컥 겁이 났고 두려
움에 머리가 쪼개지는 것 같았다. 그때 느꼈던 두려움이 똑같이
몰려왔다. 진철은 숨을 크게 몰아쉬었다. 무슨 일이 있어도 현
서를 지키고 싶었다.

3
살인범은 살인자로 태어나지 않는다

지 형사는 책상에 앉아 현장에서 찍은 사진을 골똘히 넘겨보았다. 아이는 낚싯배의 그물에 걸렸다. 나이는 일곱이나 여덟 살, 다리뿐 아니라 온몸 군데군데에 오래되지 않은 멍이 있었는데 시반과는 다른 종류로 생전에 생긴 것이었다. 아이의 몸은 단단하게 경직되어 있는 상태였고, 주먹을 쥐고 있는 손은 경직도가 심하여 잘 펴지지 않았다. 극도로 긴장한 상태에서 근육에 힘을 준 채 죽음을 맞이하면 몸이 바로 굳어지는 현상인 시강이 나타나 있었다. 공포에 질려 잔뜩 긴장한 채, 손바닥에 손톱자국이 날 만큼 온 힘을 다해 주먹을 쥐고 죽은 아이. 유력한 용의자인 김우재의 자백을 받았지만 진술이 허위자백 같다는 느낌을 지울 수 없었다. 형사 과장이 지 형사를 불렀다.

"기소 의견으로 송치하자니까 뭐가 문제야? 목격자 진술 받았고, 범행 도구 확보했고, 용의자가 자백했는데 시간을 끄는 이유가 뭐냐고!"

"경남지방경찰청 과학수사과 프로파일러 차우리 경장이 사건을 분석하고 있습니다."

"지금 강력 사건이 한둘이야? 이쪽 수사팀 빨리 해산시키고 시장에서 칼부림한 인간 잡아 올려야 해."

"그건 수사팀을 꾸릴 일이 아니지 않습니까?"

"자네가 과장인가? 마스크 안 쓴 사람들한테 다짜고짜 난동 부리고 숨어버렸어. 시민들이 불안해하잖아. 수사팀을 꾸렸다는 걸 보여줘야 논란이 없을 거라는 게 윗선의 말이야. 지금 민원 전화가 빗발치고 있어. 수사팀 꾸리지 않았다간 옷 벗어야할 판이야."

"그렇다고 이대로 검찰에 넘길 수는 없습니다. 허위자백일 가능성이 있습니다."

"근거는?"

"두부 손상에 무차별 폭행은 분노 범죄인 경우가 대부분인데 김우재의 심리 상태는 그렇지 않습니다. 유일한 가족인 아버지에 대해 존경심을 품고 있고 배우가 되겠다는 목표가 뚜렷했습니다. 신종 바이러스로 인한 휴업으로 연기 학원 수강이 여의치 않자 아버지의 뜻대로 아르바이트를 하고 있었습니다. 또래 친구나 군대 선임, 후임 간의 관계가 매우 원만한 편입니다. 덩치와 달리 다정하고 온화한 성격이라고 지인들이 입을 모았습니다. 또 김우재가 범행을 저질렀다고 자백한 장소는 등산객이 빈번하게 오가는 정자였습니다. 아이의 사망 추정 시각이 새벽 세 시 무렵인데 김우재는 오후 다섯 시에 범행을 저질렀다고 진술하고 있습니다. 밤이 되길 기다렸다가 바다와 이어진 야산 쪽으로 아이를 업고 내려와 사체를 유기했다고 하는데 그 야산은 바다와 맞닿은 면의 경사가 직각에 가까워 혼자 걸어내려오기도 힘든 곳입니다. 피해자의 다리에 나뭇가지에 의한 찰과상이 남아 있어 등산로가 아닌 길을 같이 걸어서 이동하였을 거라고 추정됩니다. 결정적으로 김우재의 집에서 발견된 범행 도구인 22밀리미터 철근은 길이가 150센티미터입니다. 휘두르기 부적절할 뿐 아니라 그런 철근을 소지하고 집으로 갔다는 게 말이 되지 않습니다."

"범행 도구가 이상하긴 해. 피해자의 종아리와 팔뚝의 멍에서만 이형 철근에 있는 돌기 모양이 확인됐으니까. 다른 범행 도구가 있었겠지?"

"그것뿐만이 아닙니다. 김우재의 그 어떤 옷에서도 피해자의 혈흔이 발견되지 않았습니다. 철근에도 없었습니다."

"증거 불충분이 될 수 있겠군."

형사 과장이 한동안 생각에 잠겨 있다가 입을 열었다.

"형사과에서는 시장 칼부림 사건 수사팀을 꾸려야 해. 일단 김 형사 남겨줄 테니까 증거를 더 찾아봐."

"네, 알겠습니다."

내심 과장이 이대로 수사 종결을 지시하면 어쩌나 걱정했는데 그나마 다행이었다. 김 형사를 돌아보았다가 눈이 마주쳤다. 엿듣고 있었던 눈치였다. 김 형사는 180센티미터가 넘는 키에 목을 구부정하게 구부린 자세로 무슨 얘기만 나오면 휴대전화 메모 앱에 메모를 했다. 그 모습이 갓 임관해 수사관에 대한 환상을 품고 있었던 때를 떠오르게 했다. 그때는 사건 해결의 실마리를 잡으려고 참고인의 농담조차 모두 받아 적었다. 증거 보관실이 없어 형사팀 사무실 캐비닛에 살인 도구였던 망치를 보관하는 모습을 보거나, 시체 공시소가 없어 부검을 받기까지 살인 피해자의 시신이 이 병원 안치실에서 저 병원 안치실로 떠돌아다니는 걸 알면 필연적으로 깨질 환상이었다. 수사가 종료되면 재수사는 하늘의 별 따기보다 어려워진다. 설사 피해자 가족의 끈질긴 요구로 재수사를 진행해 범인을 찾아낸다 하더라도 증거 부족과 공소시효 경과로 면소 판정을 받게 되는 사례가 비일비재했다. 지 형사는 수사 인력과 시간만 충분하다면 범인을 반드시 찾을 수 있다고 믿는 쪽이었다. 미제 사건의 수사 종료는 잘못을 저지른 진범이 수사관들과 피해자, 그 가족들의 운까지 모두 가져간 것이나 마찬가지라고 생각했다.

딸과 나이가 엇비슷한 피해자의 모습을 떠올리자 끊었던 담배가 피우고 싶어졌다. 어찌된 일인지 아이의 보호자가 나타나지 않았다. 김우재와 아이의 뒤를 쫓던 흰색 NF 소나타 차주 덕에 김우재의 신원을 파악하고 검거할 수 있었지만 그 외에는 도움이 되지 않았다. 서진철은 참고인 조사에서 횡설수설하며 학대당한 어린 딸을 경찰서에서 찾았다는 얘기만 늘어놓았다. 두 사람을 왜 따라갔느냐고 물으니 김우재에게 인사를 하고 용돈을 주려고 했는데 아이를 데려가는 분위기가 심상치 않아 때를 놓쳤다고 대답했다. 눈도 제대로 맞추지 못하고 작은 목소리로 말하던 사람이 김우재가 아이를 등산로로 끌고 갔느냐는 질문에는 아이가 스스로 걸어올라갔다고 사뭇 목소리를 높였다. 등산로 입구의 CCTV 판독과 주차장 출입 기록을 확인한 결과 참고인은 주차장에 7분 20초 머물렀다. 참고인 말대로 아이는 김우재와 실랑이를 벌이더니 먼저 등산로 쪽으로 걸어들어갔다. 등산로 입구 외에는 CCTV가 없어 그후의 동선을 확인할 수 없었다. 등산로 입구의 CCTV를 통해 비슷한 시간대에 산행을 한 등산객들을 조사했지만 김우재와 여자아이의 모습을 본 사람은 없었다.

자리에 앉아 심호흡을 하고 차우리 경장에게 전화를 걸었다. 얼마 전 경남지방경찰청에 부임한 차우리 경장은 출판사에서 범죄 스릴러 소설 편집자로 일하다 범죄 심리로 박사 과정을 마치고 프로파일러 특채에 채용되었다고 했다. 본청과 경기지방경찰청에서 근무한 뒤 고향에서 근무하고 싶다는 본인의 의사에 따라 이쪽으로 왔다는 이야기를 들었다. 선주가 하필이면 언제나 낚시꾼이 몰려드는 방파제에 아이의 사체를 내려놓는 바람에 수사팀이 도착하기 전에 이미 현장이 훼손되어 있었다. 그런 사정을 알 만한 사람이 현장에서 만나자마자 현장 보존이 왜 이 모양이냐고 따지고 드는 바람에 차우리 경장을 지금까지 데면데면하게 대하고 있었다. 수화기 너머로 퉁명스러운 목소리가 들려왔다.

"수사팀 해산한다면서요?"

"김 형사와 저는 남습니다. 분석 결과는요?"

"최근 이 년간 경남 지역에서 발생한 실종, 강도, 살해 사건 기록을 전부 뒤지고 있어요. 아직 조사가 끝난 건 아니지만 이 사건, 심상치 않아요."

"증거와 용의자를 찾도록 도와달라고 했더니 지금 무슨 얘기를 하는 겁니까?"

"사건에서 사전 분석은 기본이에요. 저는 그 기본을 하고 있는 거고요."

지 형사는 한숨이 나왔다. 현장은 소설이나 영화 속 이야기가 아니었다. 연쇄 살인은 현실에서는 거의 일어나지 않았다. 소시오패스? 지 형사 또한 화면으로만 봤을 뿐이었다. 형사 생활 십 년 동안 손에 쥐었던 살인사건은 모두 치정이나 원한에 의해, 연인이나 가족 사이에서 일어난 범죄였다. 체념한 목소리로 물었다.

"그래서 뭘 찾았습니까?"

"MO가 동일한 건이 있어요. 한 건은 살인, 한 건은 실종이에요."

"MO라고 하셨습니까?"

"돌기 모양이 남아 있는 멍 자국과 둔기에 머리를 맞아 사망한 결정적 사인이 똑같아요."

"과한 해석 아닙니까?"

"상상력을 발휘해 연관성을 찾아야죠. 제가 안 하면 누가 하겠어요?"

"말씀하신 수사 기록 넘겨주세요. 앵커링하지 않고 보겠습니다."

"그럼 보고 나서 다시 얘기하시죠."

차우리 경장이 쌀쌀맞게 말하고 먼저 전화를 끊었다. 지 형사는 머리를 감싸쥐었다. 김 형사와 단둘이 무엇을 더 찾아낼 수 있을까 생각하니 머리가 지끈거렸다. 조류와 사망 추정 시간을 바탕으로 사체 유기 장소를 찾아내려고 방파제 주변 산책로를 수색했지만 아무것도 발견하지 못했다. 피해자의 마지막 행적이 담긴 등산로에서 방파제까지는 어른 걸음으로 불과 이십 분거리였다. 그 주변이 아닌 다른 곳에서 피해자가 바다로 유기되었다고 추정하기 어려웠다. 그날 새벽 한차례 비가 쏟아졌다. 여름은 범인에게 유리한 계절이었다. 유기 장소를 찾는다 해도 족적이나 혈흔을 찾아낼 가능성이 희박했다. DNA 분석으로도 피해자의 신원을 확인할 수 없었다. 지 형사는 답답한 마음으로 김 형사를 불렀다.

"이제 우리가 뭘 해야 한다고 생각하나?"

김 형사가 의자를 끌어와 지 형사 옆에 앉았다.

"그렇지 않아도 제가 조사를 해봤습니다. 우리나라에 체류 중인 이주 노동자 수는 60만 명입니다. 참고로 우리 섬의 현재 인구 수는 24만 7574명입니다. 미등록 이주 아동의 숫자는 집계되지 않고 있습니다."

"그게 뭐?"

"키프로스 공화국에서는 35세 육군 대위가 필리핀 등 이주 여성 5명과 미성년 딸 2명 등 총 7명을 살해하고 갱도와 못에 시신을 유기한 일이 있었습니다. 살해된 아이 두 명의 나이는 고작 6세, 8세였는데, 출생신고가 되지 않은 미등록 이주 아동이었습니다. 피해자와 똑같죠? 아무튼 2016년부터 삼 년 동안 범죄가 이어졌는데 범행 대상이 이주 여성이다 보니 실종신고가 있었는데도 수사가 이루어지지 않았다고 합니다. 피해자가 혼자 이곳으로 오진 않았을 겁니다. 그래서 저는 실종된 이주 여성을 찾아봐야 한다고 생각합니다."

김 형사는 휴대전화에 메모해놓은 것을 브리핑하듯 읽었다. 얼굴에 뿌듯함이 서려 있었다. 지 형사가 한숨을 내쉬며 말했다.

"헛소리하지 말고 김우재 집에서 발견된 철근에 대해서 조사해와. 어떤 현장에서 주로 쓰는지, 이런 유형의 철근을 취급하는 데는 어디인지 알아보고 보고서 써오라고. 알겠나?"

"다른 범행 도구인 둔기는 어떻게 할까요, 선배님?"

"그걸 자네가 찾아올 수 있나?"

"몇 가지 추정한 것이 있습니다."

"그럼 그것도 보고서 써와."

김 형사는 큰 소리로 철근 조사하러 다녀오겠습니다! 외치고 밖으로 나갔다. 형사 생활 처음으로 할 일이 주어져 신이 난 기색을 감추지 못했다. 지 형사는 다시 피해자의 사진을 찬찬히 넘겨보다가 차우리 경장에게서 온 수사 기록 파일을 내키지 않는 마음으로 열어보았다.

첫 번째는 이 년 전에 일어난 실종으로 아직 해결되지 않은 미제 사건이었다. 통영의 베트남 음식점에서 일하던 23세 베트남 여성이 새벽 두 시 무렵 집으로 향하는 골목길로 걸어간 이후 실종되었다. 실종되기 일주일 전, 실종된 곳에서 무차별 폭행으로 상해를 입은 기록이 있었다. 기다란 멍 자국이 종아리와 허벅지, 팔뚝에 남아 있었으며 둔기로 머리를 맞아 뇌진탕을 일으켰다. 여성은 가게 마감이 끝난 뒤 귀가하던 골목에서 무차별 폭행을 당했고 머리를 맞아 쓰러진 뒤에도 추가 폭행을 당했다고 진술했다. 가해자의 모습은 기억하지 못했다. 골목으로 들어가기 전 멀리서 키가 작은 남자가 다리를 절며 걸어오는 것을 보고 빨리 걷기 시작했는데 남자가 막대기 같은 것을 휘두르며 무자비하게 때렸다고 진술했다. 여성의 남자친구와 가게의 단골 손님, 가게 사장 등을 조사했지만 용의자를 찾지 못했다. 수사팀은 목격자와 증거를 찾지 못해 난항을 겪다가 수사를 종결했다.

두 번째는 일 년 칠 개월 전에 일어난 살인사건이었다. 피해자는 섬 인근 C시의 유흥업소에서 일하던 19세 필리핀 여성이었다. 숙소로 쓰던 컨테이너에서 발견되었으며 가슴, 다리, 팔에 돌기 모양이 찍힌 긴 멍 자국이 남아 있었다. 결정적 사인은 두부 손상이었다. 여성이 사망한 날 새벽 랜덤 채팅 앱을 통해 조건 만남을 가진 남성이 용의자로 기소되었지만 살인의 직접적인 증거가 없다는 이유로 대법원에서 파기 환송되었다. 사건 당일 용의자가 입었던 옷에서 피해자의 혈흔이 발견되지 않았고 여성을 죽게 만든 주요 범행 도구인 둔기도 발견되지 않았다. 수사 기록에는 범행 도구 중 하나인 철근을 조사한 자료가 있었다. 22밀리미터 마일드 철근이었다. 철근은 컨테이너 바로 옆, 오 층 높이의 빌라를 짓는 건축 현장에서 기둥을 고정하는 데 사용되었다. 그렇다면 공사장 인부들을 용의자로 올려 조사해야 하는데 그것에 대한 내용은 없었다.

지 형사는 부족한 수사 기록에 화가 났다. 랜덤 채팅 앱으로 여성을 만났던 남성을 용의자로 찍어놓고 수사를 한 게 분명했다. 새벽부터 일을 시작하는 건축 현장의 특성상 인부 중 용의자가 있을 가능성이 컸다. 최대한 보수적으로 접근하려고 해도 범행 수법만 놓고 보면 차우리 경장이 MO를 말한 이유가 충분히 납득이 갔다. 가방에 철근과 쇠 파이프를 넣고 다니는 남자. 키가 작고 발걸음이 날랜 범인의 모습을 떠올려보았다. 김우재의 외향적 특성과는 완전히 달랐다. 김우재가 도대체 왜 자백을 하는 건지 알 수 없었다.

만약 이주 여성을 대상으로 한 혐오 범죄라면 단독범이 아닌 집단일 가능성도 있었다. 범행이 발각되지 않는 게 목적이라면 C시에서 일어난 두 번째 사건처럼 살해 장소에 시신을 그대로 둘 이유가 없었다. 섬과 섬 주변 도시에서는 일 년 내내 낡은 건물이 부서지고 새 건물이 지어졌다. 건축 현장에서 일하는 인부라면 22밀리미터 마일드 철근은 손쉽게 구할 수 있는 범행 도구였다. 철근 만으로는 도무지 범인을 찾을 수 없을 것 같았다. 그럼 무엇을 찾아야 할까?

지 형사는 살인범들이 유전적으로 그런 기질을 타고났다거나, 폭력에 자주 노출되는 불우한 어린 시절 탓에 살인범이 될 수밖에 없었다고 설명하는 게 말이 되지 않는다고 생각해왔다. 살인의 동기를 찾는 논리는 비슷한 상황과 환경에 있는 사람을 잠재적 살인자로 보는 편견을 키울 위험이 있었다. 살인을 저지를 수밖에 없었던 이유를 찾는 건 살인자를 규정해 평범한 '우리' 중엔 그런 사람이 없다고 안심하려는 것밖에 되지 않았다. 살인은 누구나 할 수 있다. 다만 결정적 순간에 윤리를 지키는 사람과 그렇지 않은 사람이 있을 뿐이다.

진범은 지금껏 범행이 발각되지 않았으니 또 다른 범죄를 계획하고 있을지 몰랐다. 멍청한 경찰은 자신을 절대 찾아내지 못할 거라고 오만한 미소를 짓고 있을 것 같았다. 지도를 펼쳐 해안도로를 살폈다. 지금까지는 시강 현상과 아이의 모습이 마지막으로 목격된 장소 등을 바탕으로 피해자가 범인과 바다 근처까지 걸어간 뒤 바다에 유기되기 직전 둔기에 맞았다고 추정했다. 유력한 용의자인 김우재를 범인으로 좁히기 위한 가정 방식이었다. 모든 걸 원점으로 되돌려 생각하면 차로 이동한 뒤 항구나 해안도로에서 사체를 유기했을 가능성이 있었다. 사체가 발견된 장소가 내륙으로 깊숙이 U자형으로 파인 바다라는 점을 고려하면 58번 해안도로와 저호항이 사체 유기 지점으로 유력해 보였다. CCTV 통합관제센터에 전화를 걸었다. 날짜와 시간을 말한 뒤 CCTV 자료 파일을 요청하자 담당자가 알

은체를 했다.

"그 파일, 경남지방경찰청에서 받아갔어요."

"언제요?"

"이틀 됐어요. 복사하면서 보니까 그 시간에 비가 많이 와서 판독이 어렵겠던데요."

"그래도 보내주세요."

차우리 경장이 수사 상황을 공유하지 않고 있다는 것에 마음이 복잡해졌다. 마침 그때 전화벨이 울리고 차우리 경장의 이름이 떴다. 차우리 경장이 말했다.

"필요 없다고 생각할지 모르겠지만, 다른 지점의 CCTV를 판독해 봤어요. 차로 이동했을 것 같아서요. 비 때문에 차종을 알아볼 수가 없더라고요."

"국과수에 넘겨보세요."

"사건 파일 보셨나봐요? 해안도로 쪽 CCTV가 그나마 선명해서 의심가는 차량 세 대의 판독을 요청할까 해요. 조사한 내용 보내드릴게요."

지 형사는 밤새 CCTV를 돌려봤을 차우리 경장이 어느새 오랜 동료처럼 든든하게 여겨졌다.

"연쇄성에 대한 논의는 이 건에 대한 증거가 나오면 하는 게 좋을 것 같습니다."

"사건이 있고 벌써 일주일이 지났어요. 시간이 흐를수록 범인에게 유리해져요. 베트남 여성 실종사건과 컨테이너 여성 살해 사건을 보면 두 번째 사건의 우발성이 눈에 띄어요. 첫 번째에는 범행 대상을 정해 계획 범죄를 저질렀는데 두 번째 사건을 겪으면서 수법이 변한 것 같아요. 우발적으로 저지른 두 번째 범죄에서 어떠한 이유 때문인지 시신을 유기하지 못했어요. 다른 유력한 용의자가 있는 덕에 수사망을 빠져나가는 걸 경험했지요. 이젠 시신을 공들여 감추지 않아도 된다는 걸 깨달은 거죠. 다른 용의자에게 수사가 집중되어 있을 때 증거를 은폐해버리면 용의자 없이 미제 사건으로 남는 것보다 범행을 감추기 쉽잖아요. 유력한 용의자가 있어 기소까지 됐던 건은 다시 수사하겠다고 꺼내는 일이 거의 없으니까요. 범인이 동일인이라 가정하고 시나리오를 예측하자면, 김우재를 기소하게 되는데 증거 불충분으로 파기 환송 또는 무죄 판결이 날 거예요. 김우재는 어떤 판결을 받을지 알고 있는 상태로 자백을 하고 있는 것 같아요."

"김우재가 진범이라면요? 말이 안 되는 진술을 하면서 영리하게 증거를 은폐하고 있는 거라면요?"

"물론 그럴 가능성도 있죠. 어쨌든 지금은 다른 용의자나 목격자가 없으니 김우재가 계속 무엇이든 말하게 해야 해요. 김우재를 흔들어놓을 만한 걸 찾았어요. 면담을 잡아주세요."

"그게 뭡니까?"

"컨테이너 여성 살인사건의 유력한 용의자였던 남성이 사건이 있고 삼 개월 뒤에 사망했어요. 자살로 사건 종결됐지만 가족들은 믿지 않아요."

"억울한 누명을 썼고 성을 매수했다는 사실이 모두에게 알려졌으니 많이 힘들었겠네요. 자살을 했을 가능성이 커 보이긴 합니다."

"그런 이유로 별다른 조사 없이 마무리됐어요. 가족 얘기를 들어보면 타살 가능성도 있어 보여요. 이 얘기를 김우재에게 했을 때 반응을 보고 싶어요."

"시간 끌 거 없이 오늘 면담을 하는 게 어떻겠습니까?"

"면담 전에 C시의 사건 현장에 다녀오려고요. 김우재가 허위 자백을 하고 있는 거라면 확신 없이 하는 얘기는 금방 알아챌 거예요. 우리가 패를 꺼내들 수 있는 단 한 번의 기회를 제대로 이용하려면 심증 말고 확증이 필요해요. 같이 가보실래요?"

"그럼 현장에서 만납시다."

지 형사는 전화를 끊자마자 지도 앱을 열어 C시까지의 소요 시간을 확인했다. 아내에게 전화를 걸었다. 앞으로 한동안은 얼굴 보기 힘들 거라는 말을 해야 했다. 지 형사의 아내 역시 범인이 빨리 잡히길 바라고 있었다. 지 형사의 아내는 아이가 있는 가정이라면 아이를 죽인 살인자가 주위를 돌아다니고 있는 지금을 모두 끔찍하게 두려워할 거라고 했다. 지 형사는 똑같이 아이를 키우는 사람들 중에 범인이 있을 가능성을 생각했지만, 아내에게는 말하지 않았다.

4
존재하지 않는 아이들

현서는 뉴스 속보는 물론 저녁 방송까지 전부 챙겨 보았다. 경남 지역 일간지에 '조선소 인근 바다에서 여자아이 변사체 발견'이라는 제목의 기사가 올라와 있었다. 아이가 신종 바이러스에 감염됐는지 음압병상이 있는 T시의 선별진료소에서 바이러스 검사를 하고 있다고 했다. 검사 결과가 나오는 대로 신원 확인 작업 등을 할 예정이며 시신을 접촉한 주민과 경찰은 모두 격리조치 하고 소독을 완료했다고 되어 있었다. 이후 아이에 대한 소식은 더 없었다.

아이를 죽인 사람을 잡고 싶다는 현서의 말에 유나는 아이를 추모하고 싶다면 범인을 찾는 것보다 그 아이가 누구인지 알아보는 게 더 낫겠다고 했다. 현서는 추모처럼 숭고한 마음이 아니라 아이를 죽인 사람이 벌을 받는 모습을 보고 싶은 거라고 얘기했다. 유나는 그 마음이나 이 마음이나 비슷하다고 생각하는 것 같았다. 벌을 주고 응징하려는 지독한 마음과 죽은 아이를 추모하며 다음 생에는 좋은 곳에서 태어나길 기원하는 순한 마음이 어떻게 비슷한지 현서는 잘 이해가 되지 않았다. 현서가 유나에게 삼촌에 대해 얘기했을 때에도 유나는 복수하고 싶은 마음으로 스스로를 괴롭히지 말라고 했다.

그렇지만 유나는 다른 어른들처럼 이제 그만 그 일을 잊으라고, 이제 와서 무슨 소용이 있냐고 하진 않았다. 유나는 삼촌이 지금 잘 지내고 있는 모습에 왜 화가 나는지 물었다.

현서는 텔레비전에서 삼촌을 스치듯 보았던 상황을 떠올리며 화면에 잡힌 삼촌의 손을 보자마자 숨이 막혔던 이유를 생각하려 애썼다. 지역방송 뉴스에 나온 삼촌은 방역용품과 노트북을 보육원에 기부하며 한 아이의 머리를 쓰다듬었다. 살집이 붙고 앞머리가 벗겨졌지만 현서는 삼촌을 한눈에 알아보았다. 떨리는 손으로 태산개발 김기운을 검색했다. 십이 년 전 위탁 아동을 학대했다는 이야기는 어디에도 나오지 않았다. 그때 삼촌과 이모가 어떤 처벌을 받았는지 제대로 알고 있는 게 없었다. 처벌을 받긴 한 건지 궁금했다.

현서는 유나와 검찰청으로 갔다. 판결이 끝난 사건의 기록은 지역 검찰청에서 보관한다고 했다. 판결문 교부 신청을 하자 피고인이 판결문 비공개 요청을 해서 담당 검사의 확인이 필요하다고 했다. 담당 검사의 승인이 나면 연락을 준다더니 사흘이 지나도록 연락이 없었다. 피해자 본인이 열람을 하는 거라고 거듭 따지고 나서야 겨우 판결문을 얻어 복사할 수 있었다.

육 개월 징역에 집행 유예 이 년. 판결의 뜻을 검색해보자 집행이 유예되는 이 년 동안 비슷한 범죄를 저질러야 육 개월의 징역형을 받는다는 거였다. 넋이 나간 얼굴로 서 있는 현서에게 유나가 나지막이 물었다.

"괜찮니?"

"말도 안 돼요. 어떻게 아무 벌도 안 받아요?"

유나는 생각에 잠긴 표정으로 말이 없었다. 현서는 눈물이 나려고 하는 것을 참으며 말했다.

"얘는 사람이 아닌가? 벌금 같은 것도 없어요? 기물 손괴죄보다 가벼운 처벌 아니에요? 지금이라도 재판을 다시 받고 싶어요."

"찾아봤더니 오 년이 지나면 재심 청구가 불가능해."

"정신적 피해 보상 같은 건요? 그것도 받을 수 없어요?"

"불법 행위를 한 날로부터 십 년까지만 청구할 수 있대."

"무슨 법이 이래요? 뭘 해볼 만한 힘이 생겼을 때에는 아무것도 하지 말라는 얘기잖아요."

참고 있던 울음이 터져나왔다. 합법적이고 공식적인 방법으로 삼촌을 벌줄 수 없다는 게 표현할 수 없을 만큼 억울했다. 공개적으로 잘못이 인정되었다면 내 잘못이 아니었어, 하고 숨을 크게 쉴 수 있을 것 같았다. 그 일은 아이를 돌보는 어른의 실수 정도가 아니었다. 울지 마, 말하지 마, 먹지 마, 움직이지 마. 말을 잘 들어야 착한 아이지. 삼촌이 했던 말들이 여전히 생생했다.

"복수하고 싶어요."

"복수하고 나면 마음이 풀릴까?"

"그럼 어떻게 해요? 삼촌이 나오는 꿈을 꾸고 별것 아닌 일에도 공포증이 와요. 오늘이 끔찍하고 내일은 더 끔찍해요."

"미국으로 나를 입양한 양아버지 스티브는 고작 8년 형을 받았어. 스티브를 죽이고 싶었어. 팔 년이란 시간이 얼마나 짧은 줄 아니? 스티브가 출소할 날이 반 년 앞으로 다가오니까 불안해서 잠을 못 잤어. 잠이 들면 스티브한테 잡혀 지하실로 끌려 내려갔거든. 잠에서 깨면 진짜 머리채를 잡힌 것처럼 두피가 아프고 머리카락이 한 움큼씩 빠졌어."

현서가 물었다.

"그래서 총을 구했어요?"

"총을 구했느냐 묻는 건 네가 처음이네. 총을 갖고 싶었지만 그럴 수 없었어. 총이라고 발음만 해도 전부 도덕 선생님이 된 것처럼 굴더라고. 아직 감옥에 있잖아. 많이 뉘우쳤을 거야. 다시 널 찾아올 거라고 어떻게 확신해? 만약 그런 일이 또 일어난다면 가중 처벌을 받을 거야. 너무 무서워하지 마. 다들 이런 식으로 얘기해. 나는 당장 죽을지도 모르는데 스티브가 그렇게 위험한 사람은 아니라고 하는 거야. 내 속이 어땠겠니? 양어머니 그레이스도 불안한 건 마찬가지인지 출소일이 다가오니까 시도 때도 없이 집으로 오라고 나를 불렀어. 하루는 그레이스랑 차를 마시다가 스티브를 죽일까요, 했어. 그레이스가 내 뺨을 때렸어. 그런 힘이 어디에서 나오나 싶을 정도로 세게."

"선생님을 왜 때려요?"

"그레이스가 어떤 마음이었을지 아직도 생각해. 그레이스가 내 집에서 나가라고 소리쳤어. 그러곤 스티브가 돌아오니까 겁에 질려서는 빨리 집으로 오라고 애원했지."

"설마 또 집으로 간 건 아니죠?"

"안 갔다가 그레이스가 스티브한테 죽으면? 그레이스한테는 내가 세상의 전부였어. 미국을 떠나지 않았다면 스티브한테서 영원히 벗어날 수 없었을지도 몰라. 스티브가 여기까지 올 일이 없는데도 공항이 비치는 화면만 나오면 스티브의 모습을 찾거든. 혹시 입국하는 무리에 스티브가 있으면 어쩌지 하면서 말이야."

"정말로 오면 어떻게 해요?"

겁에 질린 얼굴로 걱정하는 현서를 보고 유나가 웃음을 터뜨렸다.

"걱정 마. 스티브는 자기가 살던 데를 한 번도 벗어난 적 없는 겁쟁이야. 그레이스하고 나한테만 가혹했지. 난 내가 못나거나 잘못되어서 그런 일을 겪었다고 생각하지 않아. 운이 없었지. 누구나 운이 없을 순 있잖아? 그 일이 나를 훼손할 수 없다고 자꾸 생각해. 이렇게 또 하루를 살아내는 것 자체가 대단하다고 막 나를 치켜세우고 그래. 너도 그 일로부터 자기만의 거리를 만들면 좋겠어."

현서는 유나가 하는 말이 이모가 현서에게 애원했던 말과 뭐가 다른지 알 수 없었다. 죄는 미워해도 사람은 미워하지 말아야지, 하는 목소리가 어디에선가 들린 것 같아 그 얼굴에 침을 뱉고 싶은 심정이었다.

경찰서 의자에 앉아 몸을 한껏 웅크리고 있는 현서에게 이모가 속삭였다. 현서야, 제발, 이모 좀 살려줘, 했던 목소리. 이모의 애원에 삼촌이 때린 게 아니라 탁자 모서리에 부딪혀서 멍이 들었다고 말했다. 유나는 현서에게 방파제에서 만난 아이를 죽인 사람을 찾겠다는 게 진짜 누구를 위하는 일인지 생각해보라고 했다. 현서는 그게 누구를 위한 일이든 계속 약한 채로 남아 있기 싫었다.

아무도 모르게 죽었던 자들의 반란, 그런 걸 하고 싶었다. 현서는 언제나 스스로 죽어 있다고 느꼈다. 삼촌이 현서를 죽였다. 다시 살기 위해 그 아이의 모든 것을 알아내 범인을 찾고 싶었다.

고3은 여름방학이 없었다. 신종 바이러스로 인해 정상적인 등교 개학을 한 지 두 달밖에 되지 않아서였다. 담임은 9월로 예정된 대입 수시 준비로 정신이 없어 보였다. 가정학습 신청서를 또 내자 담임이 인상을 쓰며 더는 안 된다고 으름장을 놓았다. 이미 이 주를 연달아 가정학습을 써서 현서는 자칫 담임이 아빠에게 전화를 할까봐 걱정이 되었다. 9월 모의평가 성적을 끌어올리겠다고 여러 번 약속한 뒤에야 오 일의 자유시간을 얻을 수 있었다.

유나가 고1, 2학년을 대상으로 방학 특강을 하는 오전에는 현서 혼자 버스를 타고 학대 피해 아동 쉼터와 그룹홈을 다녀왔다. 유나가 시간이 될 때에는 유나의 차를 타고 버스로 가기 어려운 곳에 위치한 시설에 갔다. 육아원과 이십사 시간으로 운영되는 어린이집 같은 곳들이었다. 끼니를 거르며 삼 일 동안 열 곳을 찾아갔지만 이주 아동이 있는 곳은 없었다. 홈페이지에서 이주 아동을 보호한다고 했던 보육원에서조차 이주 아동은 없었다고 이야기했다. 방파제의 그 아이는 도대체 어디에서 온 건지 도무지 짐작이 가지 않았다.

현서는 주택을 개조한 보육원의 외부 계단에 주저앉았다. 허탈함을 감추기 어려웠다. 하늘이 어두워지며 굵은 빗방울이 떨어지기 시작했다. 일본과 중국에서는 벌써 두 달 가까이 기록적인 폭우와 홍수가 발생하고 있었다. 장마 전선이 전국에 영향을

미치겠다고 하더니 엊그제부터 부산에 시간당 50밀리미터가
넘는 폭우가 쏟아졌다. 신종 바이러스 확산, 싼샤댐 방류, 기습
폭우. 전 세계에서 수많은 사람의 목숨을 위협하는 재해와 재난
이 계속되었다. 이런 세상에서는 누구도 그 아이의 일을 중요하
게 여길 것 같지 않았다. 아니, 재난은 평계였다. 약해서, 숫자가
적어서, 달라서 뒤로 밀려났다. 현서는 더 이상 뒤에 있고 싶지
않았다.

"가자, 비 쏟아지겠다."

유나가 말했다.

"여기서 그만둘 수 없어요. 다른 데로 가봐요. 어디든 가자고
요."

그때 현서의 뒤에서 가래가 끓는 듯 걸걸한 목소리가 끼어들
었다.

"가봤자 못 찾아. 고시원이나 쪽방촌에서 찾는 게 빠를 겁니
다."

현서와 유나가 보육원 관리자에게 사정을 얘기할 때 구석에
앉아 있었던 남자였다. 아이 하나가 밖으로 나오다가 남자를 보
곤 간사님, 빨리 와서 게임해요! 하고 소리쳤다. 남자가 장난스
러운 미소를 지으며 어디 가나? 하고 묻자 아이는 과자 사려요,
간사님이 좋아하는 홈런볼도 사올게요! 하고 계단에 있는 유나
와 현서 사이를 헤치고 골목으로 뛰어나갔다. 남자가 비 온다,

우산 들고 가, 소리쳤지만 아이는 돌아보지 않았다. 남자의 손에 담배가 들려 있었다. 한쪽 다리를 끌며 내려오자 유나가 얼른 비켜서며 물었다.

"고시원이나 쪽방촌이라고 하셨나요?"

"방파제, 그애 찾는 거죠? 미등록 이주 아동일 겁니다. 부모가 불법 체류자면 애를 시설에 보내지 못합니다. 발각되면 추방이니 숨어 살지요."

현서가 남자의 말을 가로막았다.

"혹시 그 아이에 대해 아는 게 있으세요?"

"짐작 가는 게 없지는 않은데 그저 짐작일 뿐이라……."

"걔가 누군지 꼭 알아야 해요."

현서가 거의 울먹이며 말했다. 유나는 현서를 진정시키며 침착하게 설명했다.

"아이가 그렇게 되기 전에 마주친 적이 있어요. 그게 마음이 쓰여서 알아보고 있는 것이니 다른 걱정 말고 말씀해주세요."

남자가 잠시 말을 고르더니 천천히 입을 열었다.

"러시아나 구소련 나라에서 온 아이로 보이던데 그렇다면 부모가 예술흥행 비자로 왔을 가능성이 커요. 서커스단으로 왔을 수도 있고, 가수를 하려고 왔을 수도 있지. 그때가 언제였나, 2008년 2009년이니까 벌써 십 년이 넘었군. 외국인 전용 업소에 갇혀 있던 필리핀과 러시아 여자들을 구출한 적이 있어요.

가수로 일하는 줄 알고 왔다가 외국인 전용 유흥업소에 감금된 채로 성착취를 당했어요. 팔리고 팔려서 이 섬까지 와요. 감시가 심해서 절대로 도망칠 수 없어요."

현서는 머릿속이 새하얘졌다. 마마, 마마 하고 흐느끼던 헬렌의 목소리. 헬렌의 엄마가 그곳에 갇혀 있었던 거였다. 그 나라 말을 몰랐지만 현서는 헬렌이 중얼거리던 말의 뜻을 알았다. 엄마가 날 버렸어. 마마가 날 두고 가버렸어. 난 혼자야. 엄마, 엄마. 버려진 게 아니라 엄마가 갇혀 있어 오지 못했다는 걸 알았다면 헬렌이 덜 외로웠을 텐데. 그 시절 생각에 숨이 가빠졌다.

"거기에 헬렌의 엄마가 있었던 거죠? 그렇죠?"

현서의 말에 남자가 어리둥절한 표정을 지었다.

"헬렌? 그게 누구냐?"

"금발에 눈동자가 청록색이었어요. 여섯 살이라고 했는데 일곱 살이었을 수도 있어요. 엄마가 자기를 버린 줄 알고 내내 울었어요. 아저씨가 말했던 2008년도에 삼촌의 지하방에 저랑 같이 있었어요. 헬렌은 진짜였다고요!"

"그 사람들 중에 애가 있는 사람은 없었다. 세 명이었는데 둘은 스무 살도 되지 않았어. 본국으로 추방당해서 내가 귀국 준비를 도왔지."

"없었다고요?"

"비행기 표를 끊어줄 수 있으니 가족이 있으면 말하라고 했지만 모두 없다고 했어."

현서는 혼란스러웠다. 현서가 맡겨지기 전부터 헬렌은 지하
방에 갇혀 있었다. 헬렌은 정말 버려졌던 걸까? 헬렌의 엄마는
제 나라로 돌아가면서 헬렌을 데리고 가지 않았던 것일까? 현
서는 고개를 저었다. 구출된 사람이 고작 셋이라면 그중에 헬렌
의 엄마가 없었을 수도 있다. 어떻게 자식을 두고 혼자 자기 나
라로 갈 수 있다는 말인가? 현서가 다시 물었다.

"그렇게 갇혀 있었던 사람들이 또 있었겠지요?"

"집중 단속에 들어가서 대부분 구조해냈던 것으로 안다."

"아니에요, 아닐 거예요!"

현서가 하얗게 질려 소리지르자 남자가 걱정스러운 얼굴로
현서를 바라보며 찬찬히 말했다.

"강제 출국을 당하는 사람 중에는 금방 다시 돌아올 거라고
생각하고 아이를 두고 가는 경우가 있다. 애를 데리고 왔다 갔
다 하려면 돈이 많이 들거든. 그때 그 사람들은 업주한테 진 빚
이 많았다. 전부 불법이고 업주가 쫓아오지 않을 거라고 안심시
켰지만 비행기에 탈 때까지 두려워했다."

"두고 간다고요? 그건 버린 거죠! 삼촌이 헬렌을 데리고 있었
는데! 삼촌한테 잡힐까봐 무서워서 그냥 가버린 거예요! 어떻
게, 어떻게 그래요?"

"그렇게 함부로 단정지을 일이 아니다. 돈을 벌어서 아이를

데리러 오겠다고 생각했을 거야. 자기라도 벗어나야 아이를 구할 수 있지 않겠냐. 헬렌이 러시아에서 온 아이라면 헬렌이 아니라 알리나였을 거다. 헬렌은 영어식 이름이다."

"아니, 헬렌이었어요."

입으로는 반박했지만 자신이 없었다. 이모가 부르듯 현서가 '헬렌!' 하고 부르면 그 아이가 입을 앙다물고 고개를 저었던 것만 같았다. 그 아이가 여러 번 진짜 제 이름으로 고쳐 말해주었는데 이모가 그 아이를 부르던 이름밖에 떠오르지 않았다. 이모는 현서도 다른 이름으로 불렀다. 생각이 거기에 미치자 철아, 부르던 이모의 목소리가 갑자기 떠올랐다. 삼촌의 발길질이 헬렌과 현서에게로 왔을 때 고개를 들어 비죽 웃던 철이 그곳에 있었다. 현서는 소스라치게 놀랐다. 피투성이가 된 얼굴로 웃음 짓던 철의 입매가 순식간에 생생하게 되살아났다. 철이 그곳에 있었다는 사실을 완전히 잊고 있었다. 철은 그 좁은 집에서 잠시도 가만히 있지 못했다. 변신 로봇이나 분리가 되는 자동차는 모두 철의 것이었다. 얼굴이 찌그러질 정도로 맞고 나서도 삼촌을 아빠라고 부르며 품에 안겨 깔깔거리던 아이. 철을 어떻게 그렇게 까맣게 잊고 있었는지 알 수 없었다.

어쩌면 이모와 삼촌의 수에서 지금까지 벗어나지 못하고 있는 것일지도 몰랐다. 헬렌의 진짜 이름이 헬렌이 아니라면 헬렌은 없었다는 이모의 말이 진실이었다. 그런 눈속임으로 습기가 가득한 시멘트 바닥에서 그 아이와 꼭 붙어 있으면 전해졌던 온기, 맞고 있는 게 혼자가 아니라는 데에서 오는 안도 같은 것들이 없었던 일이 되지 않았다. 현서가 고개를 들고 물었다.

"헬렌 엄마가 와서 헬렌을 데리고 갔으면 입국 기록이 남아 있겠지요?"

"강제 출국이 되고 나면 한동안 비자를 얻기 어렵다. 와서 데리고 가기보단 누군가에게 보내달라고 부탁했을 거다."

현서가 무슨 생각을 하는지 알아챈 유나가 물었다.

"그럼 그때 구조되어 출국한 사람이 누구였는지 찾아보는 건 가능할까요?"

"워낙 오래된 일이라 확실한 답을 드릴 수 없습니다."

"아이가 사라지도록 내버려둘 수 없어요."

현서가 중얼거리자 남자가 되물었다.

"사라진다고? 실종을 말하는 거냐?"

옷깃을 적시던 비가 세차게 쏟아져내리기 시작했다. 비닐봉지를 손에 든 남자아이가 머리를 다른 손으로 막으며 뛰어들어왔다. 젖은 머리를 손으로 터는 아이의 얼굴이 보기 좋게 상기되어 있었다. 남자가 담배를 집어넣더니 결심한 듯 현서에게 물었다.

"궁금한 게 있는데 들어가서 얘기할 수 있을까?"

현서가 대답하지 않고 유나를 쳐다보자 유나가 그러자는 뜻으로 고개를 끄덕였다. 아이가 현관에 서서 호기심 어린 눈으로 현서와 유나를 번갈아 보다가 신발을 벗고 건물 안으로 뛰어들어갔다. 남자아이가 들어간 방에서 아이들의 환호성 소리가 터져나왔다. 진철은 마치 협박하듯 이모 집에 있지 못하면 보육원에 가야 해, 하고 말했다. 현서는 이곳의 자유롭고 활기찬 분위기가 왠지 모르게 씁쓸했다. 제 아이가 있을 곳이 어떤 데인지 제대로 알아보지도 않고 착하게 있으라고만 했던 진철의 무책임함을 다시금 확인하는 것 같았다.

남자는 사무실로 들어가 앉을 자리를 만들고 명함을 내밀었다. 다다청소년센터 윤영석. 현서가 여기가 청소년센터였어요? 하고 묻자 윤영석이 웃으며 대답했다.

"여긴 보육원이고 내가 이쪽저쪽 오가며 일한다. 너한테 무슨 일이 있었는지 얘기해주면 좋겠구나."

"왜 그러시는 거죠?"

유나가 묻자 윤영석이 근심스러운 기색으로 얘기했다.

"작년에 쉼터에 있다가 실종된 아이가 있어요. 가출이 잦고, 쉼터를 여러 번 오갔다 해도 건너건너 소식을 듣기 마련인데 지금껏 찾고 다녀도 찾을 수가 없어요. 청소년 실종신고는 단순 가출로 보는 경우가 많아서 경찰에서는 찾아보지도 않죠. 부모 없이 혼자 살던 몽골 국적의 미등록 이주 아동이었어요. 이렇게 사라진 게 이상하다 여겼는데 방파제에서 발견된 아이 역시 미등록 아동이라…….”

“제 학생 중에도 연락이 안 되는 친구가 있는데, 단순 실종이 아니라고 생각하시는 건가요?”

윤영석이 그렇다고 고개를 끄덕이자 유나의 표정이 급격히 어두워졌다. 유나가 누구를 떠올리는지 현서는 단번에 알아챘다. 신지수였다. 지수는 술 취한 아빠가 무섭다고 밤이 되면 집을 벗어나 있을 곳을 찾아 돌아다녔다. 유나는 지수를 보호하기 위해 경찰에 신고했는데, 지수의 아빠는 유나를 명예훼손죄로 고소한다고 날뛰어 도리어 유나가 경찰에 불려갔다. 지수는 아빠의 눈치를 보다가 선생님이 시켰다고, 아빠에겐 아무 문제가 없다고 진술해버렸다. 경찰은 자꾸 가정폭력 신고를 하는 유나를 성가셔했고, 피해자가 처벌을 원하지 않으면 할 수 있는 게 없다고 했다. 피해자가 어린애도 아니고 고등학생인데 뭘 어쩌겠느냐는 투였다. 한 번 더 이런 일로 신고하면 처벌을 받을 수 있다고 유나에게 겁을 줬다.

며칠 뒤 학교에 나온 지수는 한쪽 뺨에 멍이 들어 있었다. 책상에 엎드려 있는 지수에게 현서가 괜찮아? 하고 묻자 지수는 고개를 들지도 않고 서울로 전학 간다고 했다. 현서는 지수에게 이 년만 지나면 성인이 되잖아, 하고 하나 마나 한 말을 했을 뿐이었다. 성인이 된다고 해도 당장 독립할 수 없다는 걸 알았지만 그래도 현서는 빨리 늙어버리고 싶었다. 어딜가든 미성년보다는 성인이 나았다.

전학을 간 뒤 지수는 SNS에서는 물론 카톡에서도 사라졌다. 모르는 번호로 유나에게 전화해서 선생님, 죄송해요 하고 울먹이고 끊은 게 지수의 마지막 연락이었다. 유나와 현서는 지수를 수소문했지만 찾을 수 없었다.

유나는 그후로 학생들과 개인적인 이야기는 나누지 않으려 했다. 알게 되면 모른 척할 수 없으니까 그런 얘기를 나눌 만큼 친하게 지내지 않는 것이 유나가 찾은 방법이었다. 유나는 지금 현서에게 모든 것을 다 해주고 있는 것이나 마찬가지였다. 현서가 유나의 손을 잡자 유나가 현서를 꼭 붙잡아주었다. 그러곤 걱정스러운 얼굴로 네 얘기를 할 수 있겠는지 물었다. 현서가 숨을 가다듬으며 마음의 준비를 했다.

"힘들면 언제든 멈춰도 돼. 끝까지 얘기하지 않아도 된다. 괜찮겠니?"

현서는 마음을 가라앉히려고 노력하며 고개를 끄덕였다. 방파제의 아이를 왜 따라갔는지 설명하려면 헬렌에게 진짜 무슨일이 있었는지 얘기해야만 했다. 지금껏 누구에게도 꺼낸 적 없는 이야기였다. 울음이 나오고 숨이 잘 쉬어지지 않았지만 말을 꺼냈다.

"헬렌은 실종된 게 아니에요. 지금 다시 생각해보면 삼촌이 헬렌을 죽이고 어딘가에 버리고 온 것 같아요."

힘겹게 말을 내뱉자 어디로도 가지 못하고 이 섬 여기저기를 유령처럼 떠돌아다니는 헬렌의 모습이 떠올랐다. 헬렌에 대한 진실을 알아내지 못하면 내뱉지 못한 숨으로 꽉 차버린 속이 터져버릴 것 같았다. 눈물이 고이며 귀가 먹먹해졌다. 이러다간 정신을 잃을지도 모르겠다고 생각하는 순간 눈앞이 하얘지며 모든 것이 멀어졌다. 흰빛으로 가득한 아득히 먼 공간에 갇혀버린 것 같았다. 겨우 정신을 차리자 유나가 언제나처럼 현서의 숨이 돌아오게 하려고 애쓰고 있었다. 현서가 죄송해요, 하고 힘겹게 입을 뗐다. 윤영석은 아니라고 고개를 저으며 잘했다고, 진짜 잘했다고 몇 번이나 얘기했다. 윤영석은 현서가 숨을 고르는 동안 차갑게 우린 차를 따라주며 창문을 열었다. 비가 세차게 쏟아져내리고 있었다.

현서가 손에 든 차를 한 모금씩 마시며 마음을 진정시키는 동안 유나는 윤영석에게 정확히 어떤 일을 하는지 물었다. 윤영석은 이주 청소년들의 인권 향상을 위한 프로그램을 개발하고 심리 상담 지원, 교육 지원 같은 일을 한다고 설명했다.

"대학 다닐 때 학생운동을 하다가 이쪽으로 왔어요. 아이들 만나는 게 즐거우니까 계속하고 있는 거고."

퉁명스러웠던 처음과 달리 쑥스럽게 웃는 모습이 수줍음이 많은 청년 같아 보였다.

"상담 치료를 안 하려는 애들이 많지만 적극적으로 권하는 편이에요."

윤영석이 그렇게 말하며 현서를 바라보았다.

"소용없어요."

현서가 쳐다보지도 않고 대꾸하자 윤영석이 조심스럽게 말을 이었다.

"공황 증상엔 약을 먹는 게 도움이 된다."

"약은 어렸을 때부터 충분히 먹었어요. 헬렌 얘기만 하면 약을 먹었는걸요."

"네 생각이 그렇다면 강요할 수 없지. 앞으론 비슷한 증상이 나타나도 죄송하다고 사과하지는 말거라. 사과할 일이 아니다. 다만 아픈 걸 참고 견디면 나중에는 괜찮을 거라고 생각하지 말았으면 좋겠다. 우린 누구나 자신을 가장 잘 보살펴줘야 할 의무가 있으니까 말이다."

"지금이라도 삼촌한테 제대로 된 벌을 줄 수 있다면 마음이 한결 나아질 것 같아요."

윤영석이 현서를 지그시 바라보다가 한숨을 내쉬었다.

"네 말대로 삼촌이라는 사람이 헬렌을 죽였다고 하더라도 증거를 찾기가 쉽지 않을 거다. 그애 엄마한테 돈을 받을 길이 없어졌으니 애를 돈이 되는 다른 데로 보냈겠지. 죽이진 않았을 거다."

"다른 데라면 어디로요?"

"여자아이를 사겠다는 데는 많아."

"사람을 돈을 받고 판다고요?"

"방파제에서 발견된 아이도 그런 일에 휘말렸을 수 있다."

유나가 끼어들었다.

"잠깐만! 방파제의 아이에 대해서 뭔가 짐작 가는 게 있으신 거죠?"

"아까 말했던 몽골에서 온 친구, 희아를 찾다가 들은 이야기라서 확실하진 않아요. 현장을 잡으려고 했지만 번번이 허탕을 쳤습니다. 위험한 일이라 나서지 않는 게 좋습니다."

"위험한 일은 안 하겠다고 약속할게요. 얘기해주세요."

현서가 떼를 쓰자 윤영석이 현서에게 보라는 듯 주먹으로 무릎을 두드렸다.

"비가 오면 여기가 더 아파. 연골에 벌레가 사는 기분이지. 크레인에 올라갔다가 경찰이 쏜 물대포에 맞아 공중에 매달렸거든. 하마터면 죽을 뻔했지. 뭐라도 알고 나면 위험하다고 안 하기가 어려워. 이건 어른들 일이니 맡겨줬으면 좋겠다."

"어른들이 뭔가를 했다면 아이가 죽지 않았겠죠. 보호와 안전을 말하는 건 역겨워요."

현서의 말에 윤영석이 손을 모으며 깊은 한숨을 내쉬었다. 고개를 숙인 채 한동안 생각에 잠겨 있다가 입을 열었다.

"컨테이너에 여자애들을 데리고 있다는데 이 섬엔 널린 게 컨테이너거든. 신종 바이러스 때문인지 덕분인지 입출국이 까다로워져 빼돌리기 어려울 테니 곧 뭐라도 찾을 수 있을 거다. 애들은 내가 찾을 테니 너는 못 미더운 어른을 감독한다 생각하고 있으면 좋겠구나."

"어떻게요?"

"희아를 찾고 있냐고 계속 물어보면 돼. 헬렌 엄마를 찾아봤냐고도 계속 물어보고. 무슨 뜻인지 알지?"

현서가 마지못해 알았다고 고개를 끄덕이자 윤영석이 걱정이 가시지 않은 표정으로 유나에게 말했다.

"괜한 얘기를 해준 건 아닌가 걱정이 됩니다."

"제가 잘 돌볼게요."

세 사람은 한동안 각자의 생각에 잠겨 말없이 앉아 있었다. 잠깐 잦아들었던 비가 다시 쏟아졌다. 현서는 컨테이너에 여자애들이 갇혀 있다는 말을 듣자마자 그 모습을 어디에선가 본 것만 같은 기분이 들었다. 왜인지 흠칫 소름이 돋았다.

유나가 정적을 깨고 일어나 고마웠다고 말하며 윤영석에게 악수를 청했다. 윤영석이 유나의 손을 보고 망설이다 다급하게 일어나는 바람에 의자가 뒤로 넘어가버렸다. 의자를 일으켜세우는 윤영석의 얼굴이 붉게 달아올랐다. 긴 머리를 하나로 묶고 나뭇잎이 프린팅된 청록색 원피스를 입은 유나는 마흔이 넘었다는 게 믿기지 않을 정도로 싱그러워 보였다. 현서는 윤영석과 유나가 제법 잘 어울린다고 생각했다. 이런 상황에서 그런 생각을 하며 슬며시 미소 짓는 제 모습이 놀라웠다. 분노와 원망, 슬픔이 아닌 감정이 익숙하지 않았다. 어떤 일이든 두렵고 움츠러들기만 했던 때를 떠올리면 이런 좋은 감정이 세상에 있다는 게 놀라웠다. 유나가 윤영석과 연락처를 주고받는 동안 사무실 밖으로 나와 비를 가만히 지켜보았다. 보육원 아이들이 있는 곳에서는 무엇을 하는지 웃음소리가 그치지 않았다.

현서는 쏟아지는 비에 손을 내밀었다. 비는 순식간에 흘러내려갔다. 손가락 사이로 빠져나가는 빗줄기처럼 손에 잡히지 않는 무언가를 잡으려 애쓰고 있는 것 같았다. 주먹을 쥐었다. 축축하고 서늘한 감촉이 꽤 오래 느껴졌다. 감각을 기억하는 것만으로도 비의 존재를 얘기할 수 있었다. 헬렌의 죽음을 이젠 얘기할 거라고, 그게 쓸모없는 일이라는 생각이 들 때에는 주먹을 쥐어야겠다고 다짐했다.

5
장마

현서는 다시 잠을 이룰 수 없었다. 번개에서 나온 창백한 빛이 어두운 방 안을 가로질렀다. 그 빛이 사라지자 땅이 흔들리는 듯한 진동음이 들렸다. 일순간 드러난 방의 익숙한 물건들, 책상 모서리, 데스크톱 본체, 필름지가 일어난 주니어 장롱 같은 것들의 윤곽에 이모의 지하방이 떠올랐다. 쏟아져내리는 빗소리는 밤새 잦아들 줄 몰랐다. 장마라는데 바람마저 심하게 불어 열어놓은 창문 사이로 비바람이 들이쳤다. 창문을 닫고 방문을 열었다. 진철의 기침 소리가 들렸다. 현희가 옅게 코를 골았다. 앞으로 열흘 넘게 비 예보가 내려져 있었다.

오랫동안 내리는 비에 떠다니는 습기, 묵은 옷과 오래된 가구가 뿜어내는 퀴퀴한 냄새 같은 것이 이모 집에서 있었던 기억을 시도 때도 없이 불러왔다. 어렸을 때에는 매년 여름 장마가 시작될 무렵이면 고열에 시달리며 몸이 아팠다. 몇 날 며칠 열에 들떠 비명을 지르고 살려달라고 빌었다.

비가 오면 낮에도 삼촌이 일을 하러 가지 않았다. 방 한 칸과 부엌 겸 거실, 현관이 다인 좁은 집에서 하루 종일 숨어 있어야 했다. 오래된 냉장고 옆에 등을 대고 앉아 벽을 따라 까맣게 피어오르는 곰팡이를 바라보았다. 곰팡이는 장마가 끝나기도 전에 천장을 뒤덮었다. 삼촌이 방에서 나오면 헬렌과 현서는 숨을 참았다. 얼굴이 빨개질 때까지 숨을 참다가 걷어차이면 지독한 기침이 몰려나왔다.

어른들이 나가면 아이들은 방에 갇혔다. 아기 때나 쓰는 작은 플라스틱 변기에 볼일을 봐야 해서 현서는 늘 오줌을 참았다. 자물쇠가 미닫이문에 그저 걸려만 있다는 것을 알게 된 현서가 젓가락으로 문을 열었을 때 철과 헬렌은 문이 열린 걸 보고도 나오지 않았다. 문이 열렸다는 사실보다 누가 나쁜 아이인지 삼촌이 전부 다 보고 있다는 이모의 말을 믿었다. 철은 원래대로 자물쇠를 걸어놓으라고 악을 썼다. 이모가 자물쇠를 빼놓고 간 날에도 철이 문 앞을 지켰다.

지하방 창문에는 쇠로 된 격자무늬 창살이 달려 있었다. 이불을 전부 쌓아 그 위에 올라서도 창문에 손이 닿지 않았다. 이모가 집에 있을 때에만 가끔 창문이 열렸고 운이 좋은 날엔 창문 앞을 지나가는 고양이의 발이나 잠깐 내려앉아 종종거리는 참새를 볼 수 있었다. 헬렌을 업고 창문 앞에 서면 헬렌이 울음을 그쳤다. 헬렌과 현서가 웃고 있으면 철이 달려와 내 집이야! 소리치고 창문을 독차지했다. 창문 밖으로 비비탄 총을 쏘았다. 철이 총을 쏘면 이모가 창문을 잠갔다.

현서와 헬렌은 엄마가 보고 싶다고 울었지만 철은 울지 않았다. 현서와 헬렌이 소리 죽여 훌쩍이면 귀를 막고 하품을 했다. 비가 쏟아지던 밤, 냉장고를 뒤졌다고 철이 옷걸이로 맞았다. 삼촌이 잠든 걸 확인한 뒤 현서가 헬렌에게 도망가자고 속삭였다. 아침이 되자 빗소리가 그치고 매미가 울었다. 삼촌이 일찍부터 집을 비웠다. 이모까지 나가고 나자 철은 멍들어 부풀어오른 손가락으로 또 냉장고를 뒤졌다. 먹을 게 없었다. 현서가 계속 도망쳐야 된다고 말하자 철은 멍들고 부은 얼굴로 플라스틱 칼을 휘둘렀다.

"우리 아빠는 진짜 세. 아무도 아빠를 이길 수 없어."

철은 현관 앞에서 삼촌 목소리가 들리자 플라스틱 칼을 든 채로 옷장에 숨었다. 삼촌이 현관문을 활짝 열어놓고 통화했다. 현서는 숨을 크게 들이마시고 속으로 하나, 둘, 셋 하고 셌다. 헬렌의 손을 잡고 뛰었다. 계단을 뛰어올라 건물 밖으로 나가자 눈부시게 밝은 빛이 쏟아졌다. 뒤에서 삼촌의 고함 소리가 들렸지만 뛰는 걸 멈출 수 없었다. 맨발이 아픈 줄도 몰랐다. 헬렌이 삼촌한테 붙잡혀 가는 것을 보고도 뛰었다. 눈을 감고 뛰었다.

부서진 보도블록에 발이 걸려 넘어졌다.

이모가 넘어진 현서에게 손을 내밀었다. 현서가 울면서 안 가 겠다고 버티자 아빠한테 전화를 걸어 바꿔줬다.

"현서 착하지? 아빠가 병원에 있어서 그래. 잠깐만 이모 집에 있어. 현서가 이모하고 착하게 잘 있으면 엄마도 올 거야. 알겠 지?"

엄마가 온다는 말에 현서는 다시 이모를 따라갔다. 현서가 지 하방으로 돌아오자 철이 현서를 보고 낄낄거렸다. 철은 맞아서 웅크리고 있는 현서를 플라스틱 칼로 찌르며 웃었다.

번개가 치고 천둥이 울리면 모든 빛이 사라진 그 방의 모습이 순식간에 드러났다. 행거에 걸린 삼촌의 작업복과 잠글 때 기분 나쁜 쇳소리가 나는 벨트, 핏자국이 남아 있는 흰색 철제 옷걸 이들, 문이 닫히지 않는 장롱에 떨어질 듯 걸쳐 있는 야구방망 이, 삼촌이 화가 났을 때 이모가 입고 있는 속이 비치는 나시와 팬티, 로봇과 팽이와 줄넘기, 플라스틱 부메랑 같은 것들, 반대 쪽 벽에 한 줄로 붙여놓은 높이와 색깔이 다른 서랍장들, 문이 닫히지 않은 서랍 하나에 묻어 있는 핏자국. 서랍장 위에 쌓여 있는 베개와 해진 이불에도 묻어 있는 피, 피, 피. 피 묻은 삼촌 의 손이 이모의 젖가슴을 움켜잡고 있었고 헬렌은 배가 부풀고 땀에 절어 의식이 없었다. 현서는 움직이지 않는 헬렌을 끌어안 았다. 그때 헬렌의 손이 서늘하고 축축했다.

진철이 부엌으로 가는 소리가 들렸다. 현희의 휴대전화 알람이 울렸다. 현희는 휴대전화를 베개 밑에 밀어넣었다. 진철이 알람을 끄려고 방으로 들어올까봐 현서는 일어나 방문을 닫았다. 창문을 열자 요란한 빗소리에 현희가 고개를 들었다.

"언니, 계속 비 와?"

"많이 와. 오늘 알바 가?"

현서의 목소리가 갈라졌다. 현희가 벌떡 일어나 앉았다.

"지금 몇 시야?"

현서가 대답하기도 전에 현희는 휴대전화를 꺼내 시간을 보고 앞머리에 헤어 롤러를 꽂았다. 밖으로 나가려다가 목소리를 낮춰 현서에게 아빠 깼느냐고 물었다. 현희의 활기가 현서를 과거에서 현재로 데리고 왔다. 현서가 그렇다고 고개를 끄덕이자 현희는 먼저 나갔어야 됐는데, 하며 입술을 잘근잘근 씹었다. 전기밥솥의 백미, 취사를 시작한다는 소리와 함께 가스레인지를 켜는 소리가 들렸다.

"아빠가 아침밥 차리는 거야? 이 시간에?"

현서가 그런가봐 하고 시간을 확인하니 새벽 여섯 시 반이었다. 진철은 보통 아침 여덟 시가 되기 전에 안방에서 나오는 일이 없었다. 현희는 방학 동안 친구 엄마가 하는 수제 디저트 가게에서 택배 포장 아르바이트를 하고 있었다. 알바를 시작하면서 아빠한테는 비밀이라고 현서의 입단속을 시켰다. 현서의 등을 발로 밀며 언니가 먼저 나가봐, 하던 현희가 못 참겠다고 소리치곤 방 밖으로 뛰쳐나갔다. 현희는 일어나셨어요! 큰 소리로 인사하고 급하게 화장실로 들어갔다.

현서는 마지못해 부엌으로 갔다. 가스레인지 앞에 멍하니 서 있던 진철이 현서가 들어가자 계란프라이를 뒤집개로 밀었다. 계란이 프라이팬 바닥에 들러붙어 떨어지지 않았다. 제가 할게요, 하고 현서가 나서자 진철은 다짜고짜 현서에게 독서실은 제대로 다니고 있는 거냐고 물었다. 현서는 그제야 독서실 출입 기록이 진철에게 문자로 간다는 게 떠올랐다. 어떻게 그걸 까맣게 잊고 있었나 싶었지만 아무렇지 않은 척 요즘은 학교에서 공부해요, 하고 대답했다.

"가정 학습 썼다면서! 어디를 돌아다니는 거냐."

화를 참는 진철의 낮은 목소리에 현서의 어깨가 움츠러들었다. 현서는 접시에 계란을 담으며 가정 학습은 이 주만 쓴 거예요, 남은 건 수능 전에 쓰려고요, 하고 최대한 능청스럽게 말했다. 접시를 들고 식탁으로 가는데 어디서 거짓말을 해, 부모가 우스워! 하는 고함과 동시에 접시가 바닥으로 날아갔다. 흰색 코렐 접시가 산산이 부서져 바닥에 나뒹굴었다.

현희가 부엌으로 들어오려다 눈치를 보며 섰다. 진철은 현희와 현서를 번갈아보곤 들어오지 마, 거기 가만히 있어! 하고 다급하게 소리를 질렀다. 고무장갑을 낀 진철이 조심스럽게 바닥을 치웠다. 현서가 거들려고 하자 제발 좀 가만히 있으라고 버럭 화를 냈다. 진철은 땀을 흘리며 웅크리고 앉아 고무장갑을 낀 손으로 남아 있을지 모르는 유리 조각을 꼼꼼히 훑었다. 현서가 냉장고에 김치조차 없는 걸 보고 다시 계란을 꺼내자 기진맥진한 모습이 된 진철이 됐다, 그냥 둬라, 하고 식탁의자에 무너지듯 주저앉았다. 김을 뿜는 전기밥솥과 진철을 번갈아 보던 현희가 머뭇거리며 말을 꺼냈다.

"방학 동안 봉사 시간 채워야 되는데 오늘 하러 가는 날이라서요, 갔다올게요."

진철이 아무 말 없이 고개를 끄덕였다.

"저는 학교 갔다올게요."

현서가 뒤따라 나가려고 하자 진철이 고개를 들고 현서를 노려보았다. 언짢은 기색에 현서가 눈치를 보고 서 있자 들릴 듯 말 듯 웅얼거렸다.

"쓸데없는 짓 하고 다니지 마라."

현서가 저도 모르게 되물었다.

"뭐가 쓸데없는 짓이에요?"

"그 선생이란 여자하고 붙어다니지 말란 말이다."

여전히 귀를 기울여야 들릴 만큼 작은 목소리였지만 단단히 화가 났다는 걸 느낄 수 있었다. 현희가 현서의 팔을 잡아당기며 언니, 빨리 나가자 하고 속삭였다. 현서가 현희를 뿌리치며 말했다.

"늦었잖아, 빨리 가."

우물쭈물하던 현희는 휴대전화가 울리자 목소리를 낮춰 지금 가고 있다고 대답하고는 울음이 터질 것 같은 표정으로 가방을 챙겨 나갔다. 현서는 숨을 깊게 들이마시고 말했다.

"선생님은 이모 집에 있었던 때를 이해해주는 유일한 어른이 에요."

"그 얘기는 또 왜 꺼내냐?"

진철의 목소리가 커졌다. 현서는 이번에야말로 진짜 그 얘기를 해야 할 때라고 생각했다.

"그 사람들은 제대로 벌을 받지 않았어요."

"누구를 말하는 거냐?"

"아빠를 원망하는 게 아니에요. 저는 그 사람들이 지금이라도 벌을 받아야 된다고 하는 거예요. 김기운이 어떻게 집행 유예를 받았는지 아빠는 아시잖아요."

"김기운? 김기운이라고? 뭘 하고 다니는 거야!"

"이젠 제발 그만하세요. 감춘다고 모를 줄 알아요?"

"뭘 어떻게 하려고? 너는 그냥 나를 괴롭히고 싶은 거다."

"아빠, 그게 아니라니까요!"

현서가 소리치자 진철이 주먹으로 식탁을 내리쳤다. 입술을 굳게 다문 창백한 얼굴에서 눈이 번뜩 빛났다. 현서의 턱이 덜덜 떨렸다. 현서는 진철이 식탁을 내리칠 때마다 발밑이 무너져 내리는 것 같았다. 식탁 유리가 깨질까봐 조마조마했다. 어떤 행동이 무엇을 촉발할지 예측할 수 없었다. 몇 분이나 흘렀을까. 식탁을 내리치는 걸 그만둔 진철이 주먹에 머리를 대고 고개를 숙였다. 한참을 그러고 있더니 들릴 듯 말 듯한 소리로 말했다.

"화내서 미안하다. 그 여자 만나고 다니지 마라."

현서는 대답하지 않았다. 거칠게 숨을 몰아쉬던 진철이 고개를 들었다. 빨갛게 부푼 진철의 눈을 보고 이미 늦었다는 걸 깨달았을 땐 진철에게 잡혀 방으로 밀어넣어진 뒤였다.

"아빠, 뭐 하는 거예요?"

현서가 잡힌 팔을 빼려고 버둥거리며 소리쳤지만 오랫동안 힘 쓰는 일로 다져진 진철을 당해낼 힘이 없었다.

"앉아라."

진철이 책상 앞에 서서 명령했다. 현서가 진철을 똑바로 노려보며 싫어요, 하고 분명하게 말했다. 진철이 현서의 머리를 잡고 마구잡이로 내리눌렀다. 현서는 책상에 머리를 짓박히다가 바닥으로 넘어졌다. 이렇게 되려고 밤새 비가 오고 천둥 번개가 쳤나보다, 멍하니 생각했다. 정신을 차릴 수 없을 정도로 머리가 아팠다. 넘어지면서 의자 팔걸이에 부딪힌 팔꿈치가 욱신거렸다. 첫 번째는 새엄마 얘기를 하며 현서가 진철에게 소리를 지를 때였고, 두 번째 역시 새엄마 얘기를 할 때, 세 번째도 그랬다. 그때마다 진철은 술에 취해 있었다. 용서할 수 없다는 기분이 들 때마다 현서는 새엄마를 잃은 진철의 슬픔을 애써 떠올렸다.

지금 진철은 취해 있지 않았다. 현서는 새엄마 얘기를 하지 않았고 삼촌과 이모 얘기, 그러니까 자신의 얘기를 어렵게 꺼냈을 뿐이었다. 무슨 일이 벌어진 건지 얼떨떨했다. 온몸이 덜덜 떨렸다. 진철이 앉으라고, 다시 한번 화를 억누르는 목소리로 말했다. 현서는 겨우 팔걸이를 잡고 일어나 의자에 걸터앉았다. 진철은 책상 위에 있던 현서의 휴대전화를 들고 나갔다. 방문을 닫기 전엔 공부하라고 말했다. 공부라고? 현서는 진철의 입에서 나온 말이 공부라는 사실을 믿을 수 없었다. 의자를 방문 앞에 끌어다 놓는 소리가 들렸다. 이렇게 가둔다고? 화를 내고 소리를 지르고 싶었지만 지하방에 갇힌 것처럼 비참해 몸이 움직여지지 않았다. 현서는 문 뒤에 있는 사람이 아빠가 아니라 삼촌인 것 같아 숨이 쉬어지지 않았다.

창밖으로 비가 퍼붓고 있었다. 실제로 일어났던 일인가 싶을 정도로 맞았다는 게 믿기지 않았다. 같이 화를 내고 혼내주겠다고 하지는 못할망정 삼촌 얘기를 했다고 가두다니, 억울하고 분했다. 진철이 무언가 단단히 오해하고 있다는 생각마저 들었다.

아니면 삼촌을 만나지 말아야 할 다른 이유라도 있는 걸까? 삼촌에 대해서 뭘 알고 있길래? 아무것도 먹지 못한 배 속이 꼬이듯 아파왔다.

현서는 이럴 때마다 늘 제 편이 되어주었던 새엄마가 그리웠다. 이삿짐센터의 운영이 어려워지자 진철은 빈 사무실에서 휴대전화 전화번호부 목록을 하루 종일 뒤적이다가 술을 마셨다. 혜숙에게 행패를 부리는 날도 많아졌다. 난동을 부리는 진철을 말리던 동네 어른들이 개 버릇 남 못 준다고 혀를 찼다. 그때 현서는 엄마가 왜 연락 한번 없는지 이해했다.

혜숙은 삼 년 전 봄에 급성 백혈병으로 제대로 손을 써보지도 못하고 세상을 떠났다. 현서가 중학교에 입학할 무렵 혜숙은 도금 작업장에 나가기 시작했다. 문을 닫은 중소 조선소 터에 슬며시 들어온, 등록이 되지 않은 업체였다. 혜숙이 일을 시작하고 처음 몇 달은 집에 생기가 넘쳤다. 보기 흉하게 흔들리던 주방 등을 바꾸고 오래되어 누렇게 변색되었던 식탁보도 새것으로 바꿨다. 혜숙은 퇴근길에 현서에게 전화를 해 뭘 먹고 싶으냐고 물었고 그간 잘 먹지 못했던 바깥 음식을 포장해왔다. 현희와 현서는 학원을 다시 다닐 수 있었다. 일을 하고 돌아온 혜숙의 몸에서 풍기던 달짝지근한 본드 냄새, 왜 생리가 없지 불안해하던 피곤한 낯빛을 학교와 학원을 오가며 무심히 지나쳤다.

시간을 되돌릴 수 있다면 현서는 혜숙한테 학원을 안 다니고 싶다는 말을 하고 싶었다. 친한 친구들이 모두 다니는 수학 학원을 못 다니게 되었을 때 일하지 않는 혜숙을 탓했던 걸 줄곧 후회했다. 현서를 번쩍번쩍 들어올리며 남들이 보면 굶기는 줄 알겠다며 살 좀 찌우라고 했던 새엄마가, 감기에 걸려도 하루이 틀이면 털고 일어났던 새엄마가 갑자기 가버린 게 믿기지 않았다. 상을 치르고 나서도 한동안은 설거지를 하며 자기 노래에 취해 열창을 하던 혜숙의 목소리가 귓전에 울렸다. 진짜 이선희가 된 것처럼 '비바람이 없어도 봄은 오고 여름은 가고 오~ 그대여, 눈물이 없어도 꽃은 피고 낙엽은 지네' 마음을 다해 부르던 혜숙이 한번 보고 싶어지면 무엇을 해도 그 마음이 사그라들지 않았다.

현서는 혜숙의 장례식장에 찾아온 몇 안 되는 손님 중 한 명이 목소리를 낮춰 '산재'라고 얘기하는 걸 들었다. 괜찮다며 잔업을 제일 많이 했잖아, 하는 목소리. 병 한번 없던 사람이 이렇게 가는 게 산재지 뭐가 산재야, 하는 날카로운 목소리를 조용히 달래는 다른 목소리들. 혜숙은 건강 체질인 것을 언제나 자신했다. 현서는 장례식 내내 인사불성으로 취해 있는 진철에게 산재가 뭐냐고 물었다. 진철은 주위를 두리번거리며 그 말을 다시는 입에 올리지 말라고 현서를 윽박질렀다.

현서는 밤이 새도록 인터넷을 뒤졌고 쉽게 이해하긴 어려웠지만 도금 작업장에서 쓰는 니켈, 산화에틸렌, 트리클렌이라 불리는 약품들이 백혈병을 유발하는 발암물질이라는 것을 알아냈다. 산재의 의미를 알게 된 현서는 진철이 화를 내도 따라다니며 새엄마가 왜 죽었는지 알아내라고, 산재 신청을 하고 사업주를 고소하라고 악을 썼다. 흰자위에 핏발이 선 진철이 현서의 머리채를 잡고 나가라고 소리쳤다.

현서는 집을 나가버리고 싶었다. 죽고 싶기도 했다. 그렇지만 아침이 되면 학교에 가기 싫다고 우는 현희를 이불 속에서 끌어내 혜숙이 그랬던 것처럼 쌀을 씻어 안치고 청소기를 돌렸다. 현서는 다음해 혜숙의 기일이 돌아올 때까지 산재 신청서를 들고 다니며 틈만 나면 진철 앞에 내밀었다. 진철은 끝끝내 아무것도 하지 않았다. 현서는 새엄마 대신 현희를 돌봐야 한다는 의무감으로 하루를 버텼다.

현서는 컴퓨터를 켜서 메신저에 들어갔다가 창밖을 보았다. 유나에게 도와달라고 하면 유나는 진철을 신고할 것 같았다. 경찰이 나서면 진철이 더 지독하게 굴지도 몰랐다. 축축한 습기가 마치 지하방에서처럼 방을 집어삼키는 것 같았다. 벽에 거뭇한 곰팡이 흔적이 보였다. 소스라치게 놀라 다시 살피니 아무것도 없었다. 현서는 식은땀을 흘리며 백팩에 있던 수능 교재를 빼고 속옷과 입을 옷을 챙겨 넣었다.

일 층엔 이삿짐센터 사무실이, 이 층엔 살림집이 있는 단독주

택이어서 창문을 넘어가면 건물 외부의 이 층 난간이었다. 난간을 통해 일 층으로 가려면 방 옆의 거실을 지나가야 했다. 중학생이 된 이후로 진철과 마주치기 싫은 날에도 현관으로 들어왔다. 창밖으로 고개를 내밀어 다섯 걸음 앞에 있는 현관문을 보았다. 창을 넘자마자 진철이 현관문을 열고 나오지만 않는다면 잡히지 않고 일 층으로 갈 수 있을 것 같았다. 수천 번 오르내렸던 계단에서 나쁜 일이 벌어지는 건 상상하고 싶지 않았다. 이층 난간에서 일 층으로 뛰어내리는 게 가능할까 가늠해보았다가 숨을 가다듬었다.

음악 스트리밍 사이트에 접속했다. 마우스를 쥔 손이 떨려 마우스 휠이 자꾸 눌러졌다. 플레이리스트에 이선희의 〈추억의 책장을 넘기면〉이 있었다. 이 노래를 틀면 화를 내며 방으로 들어오겠지. 그렇다면 틀어야 했다. 노래를 먼저 끄려고 한다면 시간을 벌 수 있었다. 축축해진 손을 바지에 닦고 난 뒤 백팩을 멨다. 볼륨을 가장 크게 높이고 플레이 버튼을 누른 뒤 창틀에 매달려 뻑뻑한 창문을 끝까지 밀었다. 책상을 밟고 올라가 창문을 뛰어넘었다. 잠깐 돌아보자 진철이 믿을 수 없다는 표정으로 활짝 열린 방문 앞에 서 있었다.

계단을 뛰어내려갈 때 노랫소리가 멈췄다. 빗물에 손이 미끄러져 대문 잠금장치가 풀리지 않았다. 온몸에 진땀이 났다. 당장이라도 진철이 뛰어나올 것만 같았는데 그러지 않았다. 잠금

장치를 풀고 대문을 나가며 돌아보았다가 현서의 운동화를 들고 계단 위에 서 있는 진철과 눈이 마주쳤다. 진철은 무언가 두려운 것을 본 듯 겁에 질린 표정이었다. 현서는 대문을 닫을 새도 없이 골목으로 뛰쳐나갔다. 진철의 표정이 마음에 걸렸지만 돌아갈 수는 없었다.

비가 다시 퍼붓듯 쏟아져내렸다. 어디에 찔렸는지 발뒤꿈치에서 피가 배어나왔다. 발바닥이 따끔거렸다. 이럴 때야말로 얼굴을 가리면 좋겠건만 가방엔 교통카드 한 장만 있을 뿐 지갑도 없고 마스크도 없었다. 챙겨 나온 옷은 전부 비에 젖어 쓸모가 없었다.

출근길 버스정류장엔 사람이 많았다. 우산을 쓴 사람들이 빠르게 걸어갔다. 발이 아파 걸음을 멈췄다가 인적이 드물어 보이는 골목길로 갔다. 빗물에 휩쓸려온 비닐, 흐물어진 종이 포장 용기, 플라스틱 조각 같은 것을 밟을 때면 불쾌한 감촉에 소스라치게 놀랐다. 누가 썼는지 모를 버려진 마스크 귀걸이가 발가락 사이에 걸려 빠지지 않을 땐 끔찍하기까지 했다.

골목을 따라 몇 개의 편의점을 지나니 눈앞에 바다가 나타났다. 먼 바다에서부터 파도가 몰려오고 있었다. 밀려온 파도는 산책로를 거닐고 있는 사람을 집어삼킬 만큼 컸다. 덮칠 듯 왔던 파도가 산책로 앞에서 가까스로 물러났다. 파도에 대해 얼마나 알 수 있을까? 진짜 위험한 파도가 가까이 들이닥쳐 휩쓸려가기 전까지는 위험의 정도와 규모를 누구도 알 수 없는 게 아닐까? 누군가가 위험한 사람임을 아는 것은 파도를 헤아리는 것만큼이나 어려운 일 같았다.

진철이 화를 못 이겨 언제라도 억센 손으로 숨통을 짓누를 것 같다가도 한편으로는 아빠니까 그렇게까지 하지 않을 거라는 믿음이 있었다. 이토록 가까운 사이인 딸조차 아빠가 위험한 사람인지 아닌지 모르는데 누가 그걸 알 수 있을까? 파도는 위협적으로 왔다가 제자리를 잊지 않았다는 걸 보여주기라도 하듯 산책로 앞에서는 어김없이 물러났다. 아빠가 끔찍하게 싫은 마음과 애처로운 마음이 동전의 앞뒤처럼 꼭 붙어 있었다. 골목길이 무서워 집으로 뛰어들어갈 때 이삿짐센터의 불이 켜져 있으면 안심이 되었다. 아빠가 집에 있는 게 싫었지만 밤늦도록 오지 않으면 무슨 일이 생긴 건 아닌가 걱정스러웠다. 하지만 어떤 파도는 반드시 이안류였다. 해안가의 사람을 깊은 바다로 끌고 가 죽게 하는 이안류는 예고 없이 왔다.

걸음이 떨어지지 않았다. 진철을 볼 생각을 하니 비에 젖은 몸이 덜덜 떨렸다. 이제 한 발짝만 움직여도 쓰러질 것 같았다. 발이 시리다 못해 저렸다. 서 있던 자리에 그대로 웅크리고 앉았다. 비가 계속 쏟아졌다. 현서는 빗물에 쓸려오는 쓰레기처럼 버려진 기분이었다.

현서 바로 옆으로 차가 멈추고 클랙슨이 울렸다. 유나의 목소리가 들려왔다.

"아휴, 여기 있었네! 빨리 타."

현서가 얼떨떨한 얼굴로 바라보기만 하자 유나가 현서를 일으켜세워 뒷좌석에 태웠다. 윤영석이 조수석에 있었다. 윤영석이 걱정스러운 얼굴로 돌아보며 괜찮은지 물었다. 현서는 에어컨을 튼 차 안의 공기에 재채기가 나오고 콧물이 흘러내렸다. 유나가 히터를 켜고 온도를 높였다. 그러곤 스피커폰으로 전화를 걸었다.

"현서 찾았습니까?"

숨을 거칠게 몰아쉬는 진철의 목소리에 현서는 저도 모르게 몸을 떨었다. 유나가 현서를 흘깃 보고 말했다.

"근처 편의점 앞에 있었어요. 일단 제가 데리고 있겠습니다."

"아닙니다. 집으로 데려다주시지요."

"현서한테 어떻게 하고 싶은지 물어보고 다시 전화드릴게요."

"지금 어딥니까?"

"현서야, 아빠한테 갈 거니?"

현서가 울먹이지 않으려 노력하며 말했다.

"시간을 주세요."

"지금 당장 집으로 와."

"싫어요."

잠시 말이 없던 진철이 가라앉은 목소리로 말했다.

"지금 안 오면 못 들어오는 줄 알아라."

현서가 다급하게 아빠를 불렀지만 진철은 전화를 끊어버렸다. 현서가 안절부절못하고 어쩌죠? 묻자 유나가 현서를 돌아보며 한숨을 쉬었다. 거칠게 차를 몰며 윤영석에게 애 얼굴을 저렇게 만들어놓고 집으로 오라니 사람이 징그러워서 참을 수가 없어요, 하고 말했다. 현서는 진철이 유나에게까지 화를 내고 소란을 피웠나 싶어 빗물에 분 손톱을 초조하게 물어뜯었다.

유나가 현서에게 "수건이 없어서 어쩌니, 조금만 참아" 하고 말했는데 평소와 달리 목소리가 차가웠다. 현서는 젖은 몸에서 빗물이 떨어져 시트를 적시는 게 계속 신경쓰였다. 유나가 아파트 지하주차장에 차를 대고 나서 말했다.

"아까 네 아빠가 찾아왔었어. 네가 여기로 온 줄 알았나봐."

현서는 가슴이 철렁 내려앉았다.

"선생님 집을 어떻게 알고요?"

"몇 호인지 어떻게 아셨을까?"

현서는 할 말을 찾지 못했다. 그런 뜻이 아니었겠지만 자신을 책망하는 것처럼 들렸다. 유나의 집이 어디인지 아빠한테 얘기했을 리가 없었다. 한참을 생각하던 현서가 겨우 대답했다.

"저도 잘 모르겠어요."

"그치, 우리가 모르는 일이 많지."

유나가 혼잣말을 하듯 중얼거렸다. 현서가 선생님, 하고 유나를 불렀다.

"나가지 말고 방에서 공부하라고 해서 창문으로 도망쳤어요. 계단이 미끄러워서 넘어진 거예요."

유나가 머리가 지끈거린다는 듯 이마를 짚으며 그래, 하고 대꾸했다.

"예전에 선생님이 은지 엄마 신고했다가 곤란해지셨잖아요. 은지 엄마가 몇 번이나 선생님 찾아와서 화내고, 은지는 자기 엄마가 경찰에 잡혀갔다고 선생님 원망하고……."

유나가 영문을 모르겠다는 표정으로 현서를 봤다. 현서가 망설이다가 입을 열었다.

"아빠를 신고하시려는 건 아니죠?"

유나는 현서를 한동안 물끄러미 쳐다보았다. 윤영석이 끼어들려고 하자 그 말을 가로막았다.

"네가 원할 때, 그때 나설게. 나한텐 너하고의 인연이 소중하니까. 인연이란 말은, 씨앗이 되는 '인'과 까닭이 되는 '연'이 만나야 비로소 서로 맺어지는 관계가 되더라. 우리가 만난 데에는 이유가 있겠지."

"또 사전 찾아보셨어요?"

현서의 말에 유나가 그제야 본래의 얼굴로 돌아와 미소를 지었다. 유나는 해결하기 어려운 일이나 고민이 생기면 사전을 펴

놓고 단어의 뜻을 찾으며 시간을 보냈다. 익숙하게 쓰는 말의 어원을 알면 많은 게 해결되는 것 같다고 했다.

"네 아빠가 문 앞에 서 있진 않겠지?"

현서가 겁에 질린 표정으로 울상을 짓자 유나가 심호흡을 했다. 윤영석이 같이 올라갈까요? 묻자 유나는 차에서 잠깐 기다려달라고 말했다. 유나가 신고 있던 운동화를 현서의 발 앞에 놓아주었다. 괜찮다고 해도 유나가 빨리 신고 가자고 재촉하는 바람에 유나의 신발을 신을 수밖에 없었다. 새하얀 운동화 뒤축에 핏물과 흙탕물이 배었다. 현서는 고맙다고 말하며 신발에 쓸려 더 아픈 발을 운동화 안으로 숨겼다. 관계를 이어나가기 위해서 상대가 해결해주지 못하는 종류의 아픔은 드러내지 않는 편이 나았다.

유나가 갈아입을 옷을 꺼내 왔다. 씻고 나서 배가 고프면 라면을 끓여 먹으라고 하고는 서둘러 나갔다. 현서는 그제야 유나가 왜 윤영석과 같이 있었는지 궁금했다.

"어디 가세요?"

현서가 묻자 유나답지 않게 허둥대며 말했다.

"영석 씨랑 뭘 좀 알아보러 가는 길이었어. 집에서 나오는데 네 아빠가 문 앞에 있어서 깜짝 놀랐잖아. 벨도 안 누르고 현관 문 앞에 서 있었다니까! 공동현관인데 어떻게 들어왔나 몰라.

빨리 갔다올 테니까 어디 가지 말고 여기에 있어. 알겠지?"

현서는 윤영석이 헬렌에 대해 알아낸 건가 싶어 저도 모르게 말을 더듬었다.

"헬, 헬렌 엄마를 찾았어요?"

유나가 아니라고 고개를 저었다. 현서는 헬렌을 찾을 방법이 없다는 생각에 기운이 전부 빠지는 느낌이었다. 침울한 표정으로 고개를 파묻는 현서를 보고 유나가 돌아서서 입을 열었다.

"밤부터 영석 씨랑 같이 있었는데 이른 아침에 제보전화를 받았어. 아이들이 있는 컨테이너를 찾으러 간다고 하길래 내가 운전하겠다고 했지. 혼자서는 위험할 수 있으니까."

상황을 설명하는 유나에게서 쑥스러워하는 기색이 배어나왔다. 유나의 얘기를 반쯤 흘려듣고 있던 현서는 컨테이너라는 말에 퍼뜩 정신이 들었다. 벌떡 일어나 젖은 티셔츠를 벗고 유나가 꺼내놓은 스포츠웨어를 입었다. 키가 작고 마른 현서가 유나의 옷을 입자 남자 옷을 입은 것처럼 품이 많이 남았다. 바지를 레깅스로 갈아입고 밑단을 접어 올리며 같이 가요 선생님, 저도 갈래요, 하고 따라나섰다. 유나가 난처해했다. 왜 안 되는지 이유를 길게 말하는데 윤영석에게 전화가 왔다. 유나는 전화를 받으며 지금 내려가요, 했고 현서는 그 틈을 놓치지 않고 같이 나왔다.

엘리베이터를 기다리며 너는 집에 있는 게 좋겠다고 설득하는 유나에게 현서는 혼자 있기 싫다고, 아빠가 찾아오면 어떻게 하냐고, 차에서 기다리겠다고 했다. 말을 하다 보니 정말로 유나 집에 현서 혼자 있어서는 안 될 것 같았다. 유나가 없는 사이 진철이 찾아와 소란을 피운다면 문을 열어주게 될 것이고, 그렇게 유나의 집이 난장판이 되어버린다면 다시 유나를 보지 못할 것 같았다. 유나의 집에 앉아 있으니 따라가서 무엇이라도 도움이 되는 일을 하는 게 나았다. 유나와 윤영석은 알아채지 못한 어떤 단서를, 방파제의 그 아이에게 무슨 일이 벌어졌는지 알 수 있는 흔적 같은 것을 찾아낼 수 있을지 몰랐다. 그런 일을 할 수 있을 거라고 생각하자 겁에 질려 쪼그라들었던 마음이 부풀어 올랐다. 윤영석은 현서를 보자마자 난색을 비쳤다.

"없는 것처럼 있을게요. 그런 거 진짜 잘해요."

현서의 고집에 윤영석은 난처한 표정을 감추지 않았다.

"일단 데리고 가요."

유나가 논란의 종지부를 찍듯 말하자 윤영석이 진짜 차에만 있어야 된다고 현서의 다짐을 받았다. 현서는 걱정하지 말라고 두 사람을 안심시켰다. 내비게이션이 안내하는 길을 따라 해안 도로를 한참 달렸다. 유나는 말없이 운전만 했다. 빗소리가 들리는 흔들리는 차에 있자 긴장이 풀리면서 졸음이 몰려왔다. 잠을 떨치려고 애를 썼지만 휩쓸려가는 걸 어쩔 수 없었다.

내려, 빨리 내려! 삼촌이 고함쳤다. 차 문이 열렸다. 깜깜해서 앞이 보이지 않았다. 자다가 차에 태워져 계속 꿈속에 있는 기분이었다. 밖으로 끌어내려졌다. 덥고 축축했고 사방에서 개가 짖었다. 씻지 않은 개 냄새가 났다. 바닥엔 날카로운 잡동사니가 널려 있었다. 누가 누구에게 매달려 있는지 모르는 채로 걸어가다 딱딱한 막대기 같은 것에 발이 걸려 넘어졌다. 손바닥을 찔렸다. 손바닥에서 녹슨 쇠 냄새가 났다. 컨테이너 문이 열리며 불빛이 새어나왔다. 헬렌과 철이 컨테이너로 걸어갔다. 짐승의 작은 발이 넘어져 있는 현서의 다리를 밟고 지나갔다.

철이 컨테이너 문을 열고 피투성이가 된 채로 뛰어나왔다. 문이 열린 컨테이너 안에서 딱딱한 작업화를 신은 삼촌의 발이 벌거벗은 헬렌의 몸을 밟았다. 팔을 밟고 머리를 밟고 다리와 배를 짓눌렀다. 컨테이너 문 밖에 드리운 삼촌의 그림자가 점점 커졌다. 그림자가 헬렌을 짓밟으며 동시에 현서를 쫓아왔다. 철이 현서의 팔을 잡아끌었다. 빨리, 빨리! 애원하는 철의 손에서 비릿한 피 냄새가 났다. 일어나고 싶었지만 다리에 힘이 없었다. 문이 닫히는 소리가 들리고 불빛이 사라졌다. 삼촌의 작업화가 다가왔다. 무릎을 꿇고 빌었다. 잘못했어요, 다시는 도망가지 않을게요. 살려주세요. 삼촌이 현서의 앞에 눈높이를 맞춰 앉았다. 착한 아이지, 아무것도 말하지 마. 삼촌이 작업화를 입안으로 밀어넣었다. 구역질을 하자 고함을 치며 작업화를 더 세게 쑤셔넣었다. 이빨이 으스러지고 목구멍이 막혔다.

　현서는 식은땀을 흘리며 잠에서 깼다. 혀가 얼얼하고 숨이 막혔다. 창문을 내리자 차 안으로 굵은 빗방울이 들이쳤다. 삼촌의 잔상이 한동안 사라지지 않았다. 눈물을 훔치며 숨을 골랐다. 차에 혼자 남아 있었다는 걸 알아차릴 만큼 진정이 된 뒤에야 바깥 풍경이 보였다. 차가 세워져 있는 골목 앞에 회색 판넬 가벽이 빙 둘러져 있었다. 언젠가 와본 곳인 듯 눈에 익었다. 새엄마가 일했던 바로 그곳, 버려진 조선소 부지를 둘러싼 가벽 앞에 와 있었다.

　혜숙이 죽은 뒤 몇 번이나 찾아와 가벽에 설치된 작은 문을 두드렸다. 문은 한 번도 열리지 않았다. 각종 전단지가 붙은 가벽 앞으로 잡초가 무성하게 자라 있었다. 가벽 뒤 공터에 설치된 가건물에서 쉬는 시간 없이 하루 종일 일했던 오십 명이 넘는 여자들은 모두 어디로 간 건지 알 수 없었다. 작은 목선이나 어선을 건조하거나 배를 수리하는 일을 했던 조선소의 주인이 누구인지 혜숙도 알지 못했다. 자식들이 이민을 가서 먼 친척이 몰래 빈 땅을 빌려줬다고 들었을 뿐이었다.

　문득 혜숙의 손길이 그리웠다. 어린 시절 가위에 눌리고 나면 땀으로 젖어 헝클어진 머리카락을 손가락으로 아프지 않게 풀어주었다. 혜숙의 따뜻한 몸과 숨결, 흥얼거리는 노랫소리와 머리카락을 매만지는 부드러운 손은 여기는 지하방이 아니라는 믿음을 주는 주문 같았다. 혜숙이 떠오르자 그리움이 물밀듯 밀려왔다. 갓 뜸을 들인 흰밥 위에 달큰한 딱새우 살을 혜숙이 예전처럼 얹어준다면 당장 고봉밥을 두 그릇이라도 먹을 수 있을 것 같았다. 혜숙이 죽고 난 뒤로는 현서에게 밥을 차려주는 사람이 아무도 없었다.

홀린 듯 차에서 내렸다. 어떻게 이곳일까? 주택가의 골목 끝에 설치된 가벽은 언제나처럼 견고해 보였다. 비를 맞으며 가벽을 따라 걸었다. 곧 허리를 굽혀야만 들어갈 수 있는 작은 문이 나타났다. 가벽을 잘라 만들어 눈여겨보지 않으면 있는지도 모를 정도였다. 잠깐의 기쁨을 주고 마땅히 받아야 할 대가처럼 새엄마를 영영 빼앗아간 그 문, 손잡이가 없는 문을 밀었다. 문은 꿈쩍도 하지 않았다. 문 틈을 들여다보니 안쪽을 가로막아놓은 쇠파이프가 보였다. 손으로 밀다가 발로 찼다. 문은 그저 흔들리고 말 뿐이었다.

문이 있는 가벽 옆으로 이 층 높이의 콘크리트 건물이 있었다. 유리가 깨진 채 방치된 모습이 삼 년 전과 똑같았다. 건물로 들어가는 낮은 계단에 웅크리고 앉아 울어도 울어도 더는 눈물이 나오지 않을 때 일어나 집으로 갔다.

현서는 건물 입구의 계단에 웅크리고 앉았다. 온몸이 다시 비에 젖어버렸다. 혜숙을 생각하며 건물과 연결된 가벽 아래에서 빗물이 흘러나오는 것을 지켜봤다. 콘크리트가 깨져 움푹 파인 땅에 기름이 떠 있었다. 빗물 위에 띠를 이룬 기름이 배수구로 흘러들어갔다. 가벽 안쪽에 뭔가 있었다. 현서는 바닥에 쭈그리고 앉아 가벽 아래를 들여다보았다. 손가락 하나 들어갈 정도의 틈 사이로 무언가 휙 스쳐지나갔다. 놀라서 물러났다가 미끈거리는 기름 웅덩이를 밟았다. 새하얀 운동화에 기름때가 묻어 흉하게 더러워졌다. 손으로 문지르자 검은색 얼룩이 넓게 퍼졌다. 가벽 아래로 손을 넣어 더듬었다. 기름이 손에 잔뜩 묻어나왔다. 현서는 기름 냄새를 맡았다. 일을 다녀온 혜숙의 옷에서 맡았던 냄새가 났다.

그때 콘크리트 건물 안에서 잔뜩 상기된 표정의 윤영석이 나왔다. 현서를 보고 놀라는 듯하더니 한순간 표정이 밝아졌다. 뒤따라 나온 유나가 윤영석의 머리 위로 우산을 펼쳤다. 유나는 현서를 우산 아래로 끌고 와 화가 난 목소리로 속삭였다.

"차에 안 있고 왜 여기 있어?"

"예전에 새엄마가 일했던 데라 그냥 있을 수가 없었어요."

"또 다 젖었네. 이제 그만 가요. 방법이 없잖아요."

윤영석이 머뭇거렸다. 윤영석은 현서와 유나를 몇 번이나 번갈아 보고 나서 조심스럽게 입을 열었다.

"현서라면 들어갈 수 있을 것 같은데……. 어떨까요?"

"그 구멍으로 현서를 들여보낸다고요? 안 돼요."

"무슨 구멍이요?"

현서가 관심을 보이자 윤영석이 말했다.

"이 건물에 가벽 안쪽으로 들어가는 문이 있어. 조선소가 있었던 때엔 이 건물에 사무실하고 직원들이 밥을 먹는 식당이 있었거든. 식당에서 작업장이 있는 바다 쪽으로 나가는 문이었지. 문 앞을 드럼통으로 막아놔서 몸이 아주 작지 않으면 들어갈 수가 없네."

"저는 들어갈 수 있을 것 같다는 말씀이시죠?"

현서가 묻자 윤영석이 고민스러운 표정으로 말했다.

"안에 뭐가 있는지 휴대폰으로 촬영만 하고 나오면 되는데……."

유나가 현서를 밖으로 끌며 말했다.

"경찰 불러요. 왜 이런 일을 혼자 하려고 해요?"

"경찰을 불러 왔다가 몇 번이나 허탕을 쳤어요. 안에 컨테이너가 있다는 것만이라도 찍어 가야 출동을 요청할 수 있어요. 저도 참, 답답합니다."

윤영석이 얼굴을 쓸어내리며 말하자 유나는 그렇다고 어떻게 현서한테 그런 부탁을 하느냐고 쏘아붙였다. 컨테이너 속 아이들 얘기에 현서는 또 흠칫 몸을 떨었다.

"오죽하면 그러겠습니까. 여기까지 왔는데 들어갈 방법이 없

으니까…….'

"그렇게 들어가고 싶으면 사다리 타고 넘어가세요."

유나의 말에 윤영석의 표정이 딱딱하게 굳었다. 윤영석이 쓴 웃음을 머금고 다리를 내려다보자 유나가 미안해요, 미처 생각을 못했어요, 하고 다급히 사과했다. 윤영석은 말로는 괜찮다고 하면서도 유나와 눈을 맞추지 않았다. 그러더니 콘크리트 건물 안으로 들어가버렸다. 유나는 현서에게 잠깐만 기다려달라고 하고는 윤영석을 따라 들어갔다.

아이들이 지금 컨테이너에 갇혀 있을지 몰랐다. 누구든 구해야 하는데 목에 무언가 걸린 듯 들어가보겠다는 말이 나오지 않았다. 가벽 뒤에 뭐가 있는지 궁금하면서도 판넬을 넘어가면 돌이킬 수 없는 일이 생길 거라는 불안감이 엄습했다. 가벽 뒤에 진짜 컨테이너가 있고, 컨테이너에 아이가 갇혀 있으면 어쩌지? 그 아이가 살려달라고 애원하면 어떻게 해야 하지? 현서는 덜컥 겁이 났다.

아이를 구할 용기 같은 건 처음부터 없었던 것 같았다. 그저 여전히 아프다는 걸, 무섭고 혼란스럽다는 걸 누군가 알아주길 바랐던 것뿐이었다. 방파제의 그 아이를 만났을 때에도 두렵고 겁이 났다. 아이가 죽는 걸 지켜보기만 해야 한다면? 다시는 죽은 아이 옆에 있고 싶지 않았다.

현서는 한동안 건물 안쪽을 바라보다가 건물 안으로 들어갔다. 밖에서 예상하던 것과 달리 일자로 뻗어 있는 복도가 안쪽으로 길게 이어져 있었다. 안으로 들어갈수록 바로 앞이 보이지 않을 정도로 어두웠다. 벽을 더듬으며 걷다 보니 멀리 앞쪽에서 희미한 불빛이 보였다.

휴대전화 플래시로 빛을 밝히고 있는 직사각형의 공간엔 여러 개의 긴 책상이 넘어져 있었고 벽을 따라 캐비닛과 사무용 책상이 세워져 있었다. 유나가 현서를 보고 왜 들어왔느냐고 차에 가 있으라고 하곤 윤영석의 뒤에서 불빛을 비춰주었다. 윤영석이 무릎을 꿇고 앉아 있는 곳에 목재로 된 문의 가장자리가 남아 있었다. 어른 키 높이의 캐비닛으로 반쯤 막아놓았지만 떨어져나간 문의 아랫부분에서 바람이 불어 들어왔다. 바다 냄새가 나는 바람이었다. 현서는 바람이 들어오는 지하방 창문 앞에서 깔깔거리며 웃었던 헬렌이 떠올라 잠시 휘청거렸다.

윤영석이 구멍 안으로 다리를 집어넣어 문 앞에 놓인 통을 밀었다. 그러다 다리를 빼고 아프다는 듯 무릎을 두드렸다. 그 틈에 현서가 구멍 속을 들여다보았다. 기름이 흘러나오는 드럼통과 드럼통 사이에 몸집이 작은 아이가 겨우 빠져나갈 만한 좁은 틈이 나 있었다. 드럼통 사이로 무언가가 또 휙 스쳐지나갔다. 신발을 신지 않은 아이의 맨발 같아 보였다. 현서가 소스라치게 놀라 뒤로 물러났다가 다시 구멍 안을 들여다보았다. 유나가 현서의 어깨를 잡아당겼다.

"그만 가자."

현서가 머뭇거리자 윤영석이 말했다.

"아깐 마음이 급했다. 내가 한 말은 못 들은 걸로 해라."

이젠 현서의 발이 떨어지지 않았다. 눈앞에서 스쳐지나간 게 아이의 맨발이었을까? 발이 다시 따끔거리는 느낌이었다.

"폰 주세요. 들어갔다 올게요."

현서가 손을 내밀며 말하자 이번에는 윤영석이 망설였다.

"아니, 그만 돌아가자."

"오 분이면 되잖아요. 들어갔다가 위험할 것 같으면 바로 나올게요."

유나가 뭐라고 하려는 순간 현서는 윤영석이 들고 있던 휴대전화를 빼앗아 들었다. 당황한 두 사람이 머뭇거리는 사이 재빨리 엎드려 구멍 속으로 기어들어갔다. 현서를 부르는 유나의 목소리가 들렸지만 현서는 조금 전에 본 것을 확인하고 싶은 충동에 차 있었다. 드럼통 사이의 좁은 틈을 지나오자 수십 개의 드럼통이 벽처럼 쌓여 미로처럼 이어져 있었다. 괜찮니? 뭐가 보여? 묻는 윤영석의 목소리가 들렸다. 현서는 드럼통이요, 뭐가 있나 나가볼게요, 하곤 휴대전화로 촬영을 시작했다.

기름이 흘러나오는 녹슨 드럼통이 군데군데 있어 바닥이 미끄러웠다. 드럼통 사이를 빠져나가자 광활한 공간이 펼쳐졌다.

왼쪽으로 컨테이너 한 채가 놓여 있었고 그 앞으로 각종 쓰레기 더미가 산처럼 쌓여 있었다. 마대가 쌓여 있는 더미에는 색색깔의 유리병이 마대에서 흘러나와 있었고 고철 더미와 분리되지 않은 철골이 튀어나온 콘크리트 더미도 있었다. 컨테이너 오른쪽으로 벽돌을 쌓아 만든 소각 시설이 보였다. 가벽으로 막지 않은 공터의 다른쪽 면은 바다였다. 컨테이너에는 불빛도, 인기척도 없었다. 현서는 녹화를 마치고 숨을 몰아쉬었다. 기름 묻은 손이 미끄러웠다. 컨테이너 앞에 떨어져 있는 철근과 나사, 콘크리트 조각 같은 것이 낯익었다. 당장이라도 컨테이너 문이 열리며 삼촌이 불빛을 등지고 나올 것 같았다.

고철 더미에서 식용유 통이 시끄러운 소리를 내며 떨어졌다. 살집이 있는 얼룩고양이 한 마리가 아무 일도 없었다는 듯 고철 더미에서 땅으로 유유히 내려왔다. 고양이 엉덩이에 기름때가 묻어 있었다. 구멍으로 보았던 아이의 발과 비슷해 보였다. 현서야, 부르는 윤영석의 목소리가 멀리서 들려왔다. 드럼통 쪽으로 돌아섰다가 컨테이너를 다시 살펴봤다. 컨테이너에는 창문 없이 문만 하나 있었다. 동그란 문 손잡이 위에 자물쇠를 달 수 있는 고리가 붙어 있었다. 문 옆에 세워져 있는 검은색 장우산에서 빗물이 흘러내렸다. 돌아 나가야 할지, 컨테이너에 가봐야 할지 주춤거리다 찢어진 타이어 바퀴에 발이 걸려 넘어졌다. 바닥에 널려 있는 자잘한 금속 조각에 손이 베었다. 갈색 바탕에 얼룩무늬가 선명한 고양이가 넘어진 현서를 보고 컨테이너 문 앞에서 울었다. 그 순간, 컨테이너 문이 열렸다.

검은색 마스크에 검은색 볼캡을 쓴 남자가 현서를 쳐다보았다. 열린 문 사이로 힘없이 가느다란 목소리로 흐느끼는 아이의 울음소리가 들렸다. 일어나서 도망가야 하는데 몸이 움직이지 않았다. 남자가 커다란 우산을 펼쳐 쓰고 현서 쪽으로 걸어왔다. 현서는 머리 위로 우산이 드리워질 때까지 그대로 있었다.

"뭐야, 어떻게 들어왔어?"

추리닝 반바지에 프린팅이 없는 검은색 티셔츠, 또래 남자아이들이 많이 신고 다니는 슬리퍼 브랜드가 눈에 띄었다. 체격이 왜소하고 키가 작았다. 현서는 숨을 가다듬었다. 고개를 들어 남자를 쳐다보고는 일어나면서 머리로 배를 들이받았다. 생각지 못한 공격에 놀란 남자가 뒤로 물러선 사이에 고철 더미 뒤로 도망쳤다. 남자는 짧게 욕을 뱉더니 슬리퍼를 끌며 뒤쫓아왔다. 우산을 쓰고 있어 뛰는 것보다 빨리 걷는 쪽에 가까웠다. 현서는 남자가 고철 더미에 가까이 올 때까지 기다렸다가 컨테이너 쪽으로 뛰었다. 남자가 "야!" 하고 소리를 지르며 짜증 섞인 목소리로 욕을 했다.

컨테이너 문틈 사이로 고개를 내민 여자아이의 얼굴이 보였다. 커다란 눈망울을 가진 구릿빛 피부의 아이였다. 아이는 현서와 눈이 마주치자 황급히 컨테이너의 문을 닫았다. 남자가 컨테이너 쪽을 향해 나오지 말라고 소리쳤다. 컨테이너 뒤로 돌아가자 녹이 슨 철골이 흙바닥에 이리저리 널려 있었다. 기름을 뒤집어쓴 것 같은 시커먼 바위 사이로 바닷물이 넘실거렸다. 현서가 어디로 가야 할지 몰라 허둥대고 있자 남자가 슬리퍼를 끌며 천천히 걸어왔다. 현서는 바위 위로 기어올라갔다.

"고양이 다니라고 만든 길로 인간 여자가 들어올 줄이야! 그 구멍으로 온 거 맞지? 여긴 왜 들어왔어? 밖에 누가 또 있는 거지? 누구야, 너?"

현서가 휴대전화를 등 뒤로 감추자 남자가 허리를 굽혀 바닥에서 기다란 철근 하나를 주워들었다. 남자는 한 손에 우산을 들고 칼로 찌르듯 철골을 휘둘렀다. 현서가 바위 위에서 뒤로 물러서다가 휘청거리자 현서의 팔을 잡고 순식간에 폰을 빼앗아갔다. 그러곤 폰을 그대로 바다에 던졌다. 폰은 파도에 휩쓸려 점점 깊은 곳으로 들어갔다. 현서가 바다에 뛰어들어 폰을 찾으려고 허우적거리는 모습을 남자가 지켜보고 서 있었다. 남자가 말했다.

"여길 누구한테 들었을까? 경찰은 왜 안 달고 왔어? 신고하려면 신고해. 네가 입 한번 잘못 놀리면 저 안에 있는 애는 갇힌 채로 굶어 죽어. 불,법,체,류,자거든. 컨테이너는 경찰이 오기 전에 옮겨질 거고, 애는 들키지 않으려고 숨어 있는 채로 영영 사라지고 말 거야. 갇혀서 아무것도 못 먹고 굶어 죽을걸? 굶어 죽는 게 어떤 건지 상상해봐."

현서는 현기증이 일었다. 손을 빨며 짠맛을 느끼다가 잘근잘근 손가락을 씹어 피가 터지면 그 피를 빨아 먹었다. 숨이 잘 쉬어지지 않았다. 거칠게 숨을 몰아쉬며 겨우 말했다.

"웃기지 마."

남자가 피식 웃더니 현서 앞으로 와 철근을 휘둘렀다. 철근에 팔을 맞고 바다로 넘어졌다. 남자는 마치 먹잇감을 앞에 둔 듯 손을 비비더니 손톱을 바지에 문질렀다. 그 모습을 보자 현서는 눈앞이 핑 돌았다. 좁은 방에 갇혀서 똑같은 행동을 수백 수천 번 반복했던 애, 철의 모습이 떠올랐다. 철은 손톱을 바닥에, 장롱에, 이불에 문질렀다. 손톱 아래를 살피고 또 문질렀다. 철의 손에 피와 흙이 말라붙어 있었고 이모가 손톱을 잘라줬다. 이모가 손톱을 잘라줄 때 현서의 손톱에도 피와 흙이 끼어 있었다. 너희가 땅을 파야 해. 햄버거를 사줄게. 삼촌의 목소리가 들렸다. 현서는 자기도 모르게 손톱을 내려다보았다. 불현듯 떠오른 기억에 구역질이 나와 도저히 참을 수 없었다.

현서가 헛구역질을 하며 신물을 뱉자 남자가 눈살을 찌푸리며 현서에게서 물러섰다. 그때 진동음이 들렸다. 남자가 주머니에서 폰을 꺼냈다. 현서에게 조용히 하라는 손짓을 한 뒤 전화를 받았다.

"네, 실장님. 같이 있습니다. 여기로 오신다고요? 준비하고 있겠습니다."

전화를 끊은 남자가 현서에게 다급히 말했다.

"빨리 꺼져."

"누가 오는데?"

"알 거 없고, 빨리 나가라고!"

"아까 그애는?"

"여기 누가 들어온 거 걸리면 맞아 죽을거야. 캣도어 만들어
놓은 거 알면 날 죽여버릴 거라고. 제발 좀 꺼져."

"누가 널 죽인다는 거야?"

남자는 겁에 질린 불안한 모습으로 허둥지둥 손에 들었던 철
근을 던지고 우산을 집어들었다. 현서가 가만히 있자 거칠게 욕
을 하며 컨테이너 쪽으로 걸어갔다. 현서는 멀찍이 떨어져 남자
의 뒤를 따라 나갔다. 남자가 컨테이너로 들어가는 것을 보고
드럼통이 세워진 곳까지 뛰었다. 구멍 사이로 삽날이 튀어나와
있었다. 바닥과 드럼통 여기저기에 긁힌 자국이 나 있었다. 현
서가 왔어요, 하고 다급하게 말하자 유나와 윤영석이 동시에 어
떻게 된 거야, 괜찮아 묻는 소리가 들렸다. 구멍을 기어나온 뒤
주저앉아 숨을 골랐다.

"무슨 일이야? 왜 이렇게 오래 걸렸어? 컨테이너는? 촬영은?"

윤영석이 묻는 말에 현서는 고개를 저었다.

"안으로 들어가니까 바다가 있어서, 거길 보다가 폰을 바다에

빠뜨렸어요. 죄송해요. 찾으려고 했는데 못 찾았어요."

유나가 눈에 띄게 안도하며 말했다.

"안에서 무슨 일이라도 생긴 줄 알았어. 그냥 두고 나오지 지금까지 찾았어?"

현서가 고개를 끄덕이자 유나가 아유, 고생했다, 하고 현서를 다독였다.

차를 타고 유나의 집으로 가는 내내 현서는 도대체 왜 거짓말을 한 건지 생각했다. 공터에 어지럽게 쌓여 있던 쓰레기처럼, 컨테이너에 숨겨진 아이처럼 가야 할 곳을 영영 잃어버린 기분이었다. 비는 무엇이든 휩쓸어갈 것 같은 기세로 끈질기게 내렸다. 약하고 여린 것들이 먼저 떠내려갈 터였다.

2부

6

왕은 어디로

지 형사는 어두컴컴한 사무실에 홀로 앉아 탁상달력을 들여다보며 한숨을 쉬었다. 여자아이의 사체가 발견된 지 육 주가흘렀다. 김우재는 여전히 자신이 범인이라고 주장하면서 증거얘기만 나오면 입을 다물어버렸고 사건 해결의 여러 시나리오를 펼친 차우리 경장조차 범인을 확정할 별다른 증거를 찾아내지 못하고 있었다. 사체 유기 장소를 추정한 뒤 CCTV를 판독해찾아낸 차량에는 알리바이가 확실한 중년 부부가 타고 있었다. 김 형사가 김우재의 집에서 발견한 것과 같은 철근을 쓴 공사현장을 찾아다닌 것 또한 모두 허탕이었다. 지금껏 허비한 시간을 되돌리고 싶은 심정이었지만 되돌아간다고 무엇을 찾아낼수 있을지 이젠 자신이 없었다. 8호 태풍 바비가 제주도를 거쳐서해로 지나간다더니 거칠게 불어오는 바람에 창문이 쉴 새 없이 덜컹거렸다.

할 수 있는 일이라고는 사건 파일을 보는 것밖에 없었고 지 형사는 이미 수없이 넘겨 봐 손때가 묻고 귀퉁이가 해진 종이 뭉치를 집어들었다.

- 살해 후 바다에 유기
→ 이형 돌기 모양이 찍힌 멍 자국과 머리, 어깨, 손목을 둔기로 가격 당한 상흔이 있음. 결정적 사인은 두부 손상. 둔기는 쇠 파이프나 야구 방망이 종류일 것으로 추정.

- 범행 장소
→ 피해자의 최종 목격 장소 이후 근처 CCTV에 피해자의 모습이 찍히지 않은 것으로 보아 피해자는 CCTV가 설치되지 않은 야산을 따라 도보로 이동하였을 가능성이 큼. 피해자의 나이와 신체적 능력을 고려하여 최종 목격 장소에서 반경 5km 이내의 가까운 장소일 것으로 추정됨.
→ 반경 5km 이내에 위치한 야산 인근의 도로에서 차량과 접선해 이동했을 가능성도 배제할 수 없음.
→ 시강이 나타난 것으로 보아 둔기로 가격당한 후 높은 곳에서 강제로 떠밀려 바다에 빠졌을 가능성이 있음.

- 시간대를 통한 분석

→ 김우재와 피해자의 모습은 오후 3시 38분경 등산로 입구의 CCTV에 마지막으로 찍혔고, 사망 추정 시간이 새벽 3시경임. 범인은 일정한 출퇴근 시간을 가진 사무직 직장인이기보단 자영업자이거나 일일 노동자 또는 무직일 가능성이 있음.

- 피의자의 성격

→ 시체를 훼손하지 않고 바다에 유기한 것으로 보아 살인 외의 목적으로 피해자를 유괴하였다가 우발적으로 살해하였을 수 있음.

→ 피해자의 상하의가 모두 온전하게 남아 있는 점, 강간의 흔적이 없는 점 등으로 미루어 내성적이고 말주변이 없으며 성적인 콤플렉스가 있는 소아 강간 살인 피의자의 특징과는 다른 성격을 가진 자일 수 있음.

→ 상습적으로 폭력을 휘두르는 성향이 있는 자일 가능성이 크며, 철근과 쇠파이프 등의 범행 도구를 능수능란하게 다루었을 것임.

→ 전과가 있다면 폭력이나 사기로 처벌받았을 것.

→ 이 지역의 지리를 잘 알고 있는 자이며 몸을 쓰는 일을 하는 현장직 노동자일 가능성이 큼.

범인의 프로파일 중 오후 3시 38분에서 새벽 3시 사이, 피해자의 생전 모습이 찍힌 CCTV의 시간에서부터 죽음에 이르렀던 시간까지의 공백이 아무리 수사를 해도 채워지지 않았다. 산을 내려오는 김우재의 모습조차 CCTV에 찍히지 않은 것으로 보아 같이 숨어 있다가 차로 이동했을 수도 있는데 공교롭게도 인근 도로의 CCTV가 고장나는 바람에 도무지 실마리를 잡을 수 없었다.

컨테이너 여성 살인사건이 있었던 C시의 현장에서 태산개발과의 연관성을 알아냈을 땐 이제 범인을 곧 잡겠구나 싶어 피곤한 줄도 모르고 매일같이 철야를 했다. 사건 현장에 들어선 사층짜리 건물도, 살인사건이 있었을 때 바로 옆에 지어지고 있었던 오 층짜리 원룸 건물도 태산개발에서 인부를 조달했다. 일용직 건축 노동자, 타일공, 배관공까지 원룸 건물을 짓는 현장에 있었던 사람을 불러 재수사를 했지만 약속이나 한 듯 범인이 잡히지 않았느냐, 그렇게 오래전 일을 기억하는 사람이 누가 있겠느냐고 하며 건성으로 응했다. 태산개발에 사건 발생 전과 후를 포함한 앞뒤 일주일 동안의 근무기록표를 달라고 했더니 어이없게도 자료가 없다고 했다. 수사에 협조하지 않으면 압수영장을 발부받아 집행하겠다고 해도 없는 걸 어떻게 하냐고, 와서 찾으라고 도리어 큰소리였다.

범인으로 지목되어 기소되었다가 증거 불충분으로 혐의가 없다고 판결난 신명현의 가족은 재수사를 해보려고 한다는 말에 제발 좀 가만히 두라고 울분을 터뜨렸다. 신명현의 아내는 대학생 딸이 있는 신명현이 비슷한 또래의 여자를 사려고 했다는 것과 스스로 목숨을 끊었다는 사실을 여전히 믿지 못하겠다고 하면서도 이젠 그 일에 시달리고 싶지 않다고, 또 찾아온다면 어디 가서 죽어버릴 거라고 악다구니를 했다.

신명현은 사건이 있은 후 아내와 별거하고 버스터미널 근처의 오피스텔에서 혼자 지내고 있었다. 팔 개월에 달했던 재판 기간 동안 일자리를 잃은 것은 물론 변호사 선임비를 대기 위해 제2금융권과 대부업체에서 돈을 빌렸다. 자동차 영업직으로 일을 시작한다고, 조금만 기다려달라고 아내에게 전화한 그날 새벽 건물 옥상에서 뛰어내렸다. 부검 결과 우울증 약과 수면제를 복용한 상태로 술을 마신 것이 확인되었다.

신명현은 법정에서 줄곧 직장동료의 소개로 랜덤채팅 앱을 깔고 호기심에 여성을 찾아갔지만 성관계는 없었다고 주장했다. 이야기를 나누다가 여성이 요구한 금액을 현금으로 지급하고 걸어서 귀가하였다고 했다. 신명현이 여성이 머물고 있었던 컨테이너를 떠난 시간이 여성의 사망 추정 시간 내에 있어 법정 공방이 치열했다. 여성의 몸엔 강압적이지 않은 성관계의 흔적이 있었지만 피임 기구를 사용해 DNA가 발견되지 않았다. 컨테이너 안에는 범행 도구는 물론 증거로 내세울 만한 휴지조각 하나 남아 있지 않았기 때문에 신명현이 계속 무죄 주장을 하는 이상 정황만으로 유죄 판결을 내리는 건 불가능했다. 범인이 잡히지 않았기 때문에 진짜 아니지? 하고 의심하는 말이 신명현

주위를 맴돌았을 것이다.

　차우리 경장은 신명현이 죽은 뒤 가족이 보험금을 받은 게 있는지, 신명현이 죽은 당일 눈에 띄는 행적이나 방문자가 있는지 보강 수사를 이어나갔다. 신명현이 있었던 오피스텔에 신명현 투신 당일의 CCTV 파일을 요청하자 불과 구 개월 전의 파일이 없다고 했다. 경찰이 파일을 가져갔다고 했으나 당시 경찰은 엘리베이터의 CCTV만 확보했던 걸로 확인되었다. 담당 수사관의 서랍 깊숙이 박혀 있었던 USB는 연결 단자가 손상되어 파일이 읽히지 않았다. 사설 업체를 통해 복구한 CCTV 파일에서 화면의 반이 날아간 동영상이 재생되었다. 파일 확인은 한 거냐고 담당 수사관을 다그치자 그제야 파일을 열어보지도, 수사 자료로 데이터를 옮겨놓지도 않았다고 어물쩍 말했다.

　이때쯤부터 증거가 없다는 것에 진절머리가 나기 시작했다. 실마리를 잡았다 싶어 파고들면 증거가 없었다. 누군가 나서서 앞서 움직이며 증거를 없애고 있는 것만 같았다. 지 형사는 사건 파일을 한쪽으로 밀어놓고 김우재 녹화 영상을 봤다.

　　차우리: 김우재 씨, 좋아하는 친구가 있나요?

　　김우재: 그건 왜요? 찾아가려고요?

　　차우리: 아이스 브레이킹이에요. 편하게 얘기하세요.

　　김우재: 중학교 1학년 때부터 친구인데 서로 동영상 찍어서 기

획사에 보내고 그랬어요. 니가 훨씬 잘해, 넌 될 놈이야 하고 말해주는 녀석이에요. 그 새끼가 고등학교 때 여자친구 사귀면서 좀 멀어졌는데 졸업하고 피자집을 차렸어요. 군대도 안 가고 1.5평짜리 빌려서 시작했거든요. 휴가 나올 때마다 배달 도와주고 그랬고요. 지금은 상가 건물 일 층 20평에서 해요. 홀에 테이블이 네 개 있어요. 디트로이트 느낌 나게 꾸며놓고 페퍼로니, 하와이안 같은 미국식 피자를 파는데 생맥주하고 먹으면 끝내줘요. 저한테 프랜차이즈 준다고 했어요.

차우리: 친구가 성공해서 좋은 거예요? 우재 씨한테 경제적으로 도움을 주니까?

김우재: 그런 건 아니고 그 친구 얘기를 하면 뿌듯하고 자랑스럽거든요. 우리 나이에 취업이나 하면 다행이라 그렇게 자리 잡고 돈 버는 애는 걔 하나밖에 없어요. 대단하잖아요. 저는 장사할 생각 없어요. 새벽부터 장 보고 주말이건 공휴일이건 일해야 하고 자기 시간 하나도 없어요.

차우리: 아버지가 고깃집 하는 게 좋지 않았나봐요?

김우재: 아빠가 가게에만 있으니까 집 가도 사람 없는 거랑 밥 혼자 먹는 거, 아무튼 싫어요.

차우리: 친구가 잘되면 좋아요? 질투나고, 괜히 친구랑 비교하면서 자기가 보잘것없이 느껴져서 안 만나고 싶지 않아요?

김우재: 고등학교 때 누가 오디션 몇 차 됐다더라 하면 그건 질

투나고 그랬던 것 같아요. 지금은 안 그래요. 누구라도 잘되면 좋겠어요. 막 축하해주면서 술 마시고 파티할 일이 생기면 좋을 것 같아요. 근데 좋은 일은 잘 안 생기더라고요.

차우리: 우재 씨한테는 진짜 잘되는 일이 뭐예요?

김우재: 단역이라도 캐스팅되는 거. 서울에서 연기학원 다니면 그런 기회가 많이 온다고 해서 서울로 가고 싶었어요. 고등학교 졸업하자마자 갔어야 했는데…….

차우리: 그럼 왜 군대를 먼저 갔어요?

김우재: 군대는 어차피 갔다 와야 되니까. 다들 군대를 먼저 가기도 하고 아버지도 군대부터 갔다 오라고 했어요.

차우리: 징역형 받으면 영영 배우 못하는 거 아니에요?

김우재: (대답하지 않고 책상 아래에 있는 자기 손을 바라본다.)

차우리: 왜 무죄라고 하지 않아요? 나는 아무것도 안 했다, 나는 잘못이 없다, 이게 더 자연스럽지 않나요?

김우재: (침묵하며 고개를 들지 않는다.)

차우리: 식당에 가서 메뉴 고를 때나 옷 살 때 망설이면서 결정을 잘 못하는 걸 어떻게 생각해요?

김우재: 답답하죠.

차우리: 뭐든 결정을 잘하는 쪽이에요? 여럿이 있을 때 나서서 메뉴를 정하는 쪽?

김우재: 누가 뭐 먹자 그러면 따라가요.

차우리: 등산로 입구에서 이제 그만 돌아가자고 했나요?

김우재: 몇 번 얘기했는데…….

차우리: 나랑은 처음이니까 다시 해봐요.

김우재: 정자 밑에 고양이가 산다고 고양이가 잘 있는지 보러 가고 싶다고 했어요.

차우리: 아이가 그랬다는 거죠? 아이 이름은요?

김우재: 생각이 안 나요. 길고 어려웠어요.

차우리: 한국말을 잘했나요?

김우재: 잘하진 않았는데 그렇다고 못하지도 않았어요.

차우리: 아이가 우재 씨를 뭐라고 불렀나요?

김우재: (대답하지 않고 한숨을 내쉬며 딴청을 피운다.)

차우리: 산으로 올라가자는 아이를 왜 말린 거예요?

김우재: 더웠잖아요. 양복 입고 구두 신고 누가 산에 올라가고 싶겠어요?

차우리: 양복은 왜 입고 있었던 거예요?

김우재: 일할 때 어려 보이면 무시하니까요. 말도 막 하고요.

차우리: 가지 말자고 했는데 애가 떼를 써서 같이 올라갔다는 거죠? 그날 처음 만난 애라면서 왜 혼자 가게 두지 않은 거죠?

김우재: 길 잃어버릴까봐…….

차우리: 고양이가 있었나요?

김우재: 없었어요. 고양이는 등산객한테 뭐 얻어먹으려고 정

상 쪽에 있었을 거예요. 꼬마한테 그렇게 말했는데 고양이를 찾으러 가자고 막 떼를 써서…….

차우리: 덥고, 힘들고, 짜증이 난 상태였는데 정자 밑에 철근이 하나 보였고 그걸로 그애를 때렸다, 아이의 걸음 속도를 생각하면 네 시가 조금 넘은 시간이었을 텐데 누가 볼 수도 있다, 이런 생각은 안 했나요?

김우재: 봤다는 사람이 있어요?

차우리: 산을 오를 때에는 사람들이 그 길로 많이 가지만 산을 내려올 때에는 다른 길로 간다는 거, 알고 있었죠? 그쪽은 계단이 없는 가파른 바윗길이라 바위 위 모래나 나뭇가지를 밟으면 그대로 미끄러지겠더라고요. 전에도 여러 번 비슷한 일을 했나요?

김우재: 네? 그 산에 처음 간 거라고 몇 번이나 말했어요.

차우리: 철근으로 때리니까 아이가 울면서 소리를 질러서 누가 올까봐 당황한 마음에 옆에 있는 바위로 쳤는데 아이가 죽었다, 이렇게 진술했죠?

김우재: 네.

차우리: 아이가 죽을 때 기분이 어땠나요?

김우재: (책상 아래 손을 내려다보며 말이 없다.)

차우리: 여기 이 주소 좀 볼래요?

김우재: IP 주소 아니에요? 우리 집이네.

차우리: 본인 집 IP 주소를 외워요?

김우재: 어쩔 땐 직접 접속하기도 해요. 보통 다 외울걸요?

차우리: 와이파이 비밀번호라면 모를까 IP주소를 외운다고요?

김우재: 이건 왜 물어봐요?

차우리: 텔레그램의 성착취 동영상을 공유하는 방에 접속했던 기록을 찾았어요.

김우재: 그 사람들 무기징역 받았다면서요.

차우리: 아직 형이 확정되진 않았어요.

김우재: 누가 알려줘서 들어가기만 했어요. 뭐 본 건 없어요.

차우리: 누가 알려줬어요?

김우재: 친구, 아니 SNS 메신저로 모르는 사람한테서 링크가 왔어요.

차우리: 촬영하고 편집하는 거 잘한다면서요? 그 사람한테 돈을 받았나요?

김우재: 무슨 말인지 잘 모르겠어요. 왜 물어보는 거예요?

차우리: 지금 사실대로 얘기하면 정상참작이 돼요. 배우가 되고 싶지 않나요? 전과가 남는다면 어떻게 배우를 하겠어요?

김우재: (눈빛이 잠깐 흔들리더니 다시 고집스러운 얼굴로 고개를 흔든다.) 이생망이에요.

차우리: 이번 생은 망했다, 혐생이다 뭐 이런 말이죠?

김우재: 그럴걸요.

차우리: 지난해 초, C시에서 필리핀 여성이 살해된 사건 알고

있나요?

　김우재: 지난해 초요? 그때 저 군대에 있었어요.

　차우리: 알아요. 그런 일이 있었던 걸 아느냐, 모르느냐 묻는 거예요.

　김우재: 몰랐어요.

　차우리: 그때 그 여성이 죽은 컨테이너 옆에서 건물을 짓고 있었는데 태산개발에서 인력을 댔어요. 용의자로 지목됐던 사람은 무죄 판결을 받고 난 뒤에 건물 옥상에서 투신했고요.

　김우재: 무죄 받았는데 왜 죽어요?

　차우리: 자살이었을까요?

　김우재: 가족들은요? 같이 죽었어요?

　차우리: 가족들은 안 죽었죠. 가족이 왜 같이 죽었을 거라고 생각해요?

　김우재: 그럼 됐어요.

　차우리: 뭐가 됐다는 말이죠?

　김우재: 그 사람만 죽었다는 얘기잖아요. 그럼 된 거라고요.

　차우리: 아버지만 괜찮으면 본인은 죽어도 상관없다는 말이에요?

　김우재: 이미 다 망했잖아요. 더 망하기 전에 죽은 게 다행이죠.

　차우리: 요즘 우울하고, 죽고 싶고 그래요? 구치소 생활 힘들죠?

　김우재: (책상 아래 손을 내려다보며 말이 없다.)

　차우리: 우재 씨, 말하기 시작하면 별거 아니에요. 말을 꺼내기

가 어렵지 무슨 말이든 하고 나면…….

김우재: 전 뭘 해도 안 돼요. 그냥 그렇게 생겨먹었어요. 내가 서울 간다고 배우가 됐겠어요? 그런 세상에 태어난 걸 나보고 어쩌라고요. 이제 그만할래요. 그만해도 되죠?

차우리: 한번 얘기해봐요. 우재 씨가 아깝지 않나요?

김우재: (차우리를 물끄러미 바라보곤 녹화 중인 CCTV를 향해 고개를 든다. 표정이 없는 얼굴로 고개를 절레절레 흔들어 보인다.)

지 형사는 재생이 끝난 동영상을 십오 초 앞으로 되돌려 김우재가 고개를 들어 CCTV를 바라보는 장면을 다시 보았다. 이미 그 장면을 수십 번 반복해 보았다. 몇 분 몇 초에 김우재가 차우리를 바라보는지, 언제 고개를 들고 숨을 내쉬고 고개를 왼쪽으로 돌리는지 눈감고 맞출 지경이었다. 김우재의 행동을 꿰뚫어도 김우재의 속은 도무지 알 수 없었다. 감독의 OK 사인을 받기 틀렸다고 단정지은 실의에 빠진 배우 같기도 했다가 입 밖으로 꺼내지 못하는 진실의 무게에 눌린 슬픔과 설움을 어쩌지 못하고 있는 것 같기도 했다. 고개를 흔드는 김우재의 모습이 어딘가 익숙하면서도 보고 있으면 왠지 모르게 슬퍼져서 지 형사는 중독이라도 된 것처럼 그 장면을 자꾸만 돌려 보았다. 화면 속 김우재의 얼굴에선 원치 않는 고난을 맞닥뜨린 인간의 당혹스러움과 슬픔이 드러났다. 결정적인 무언가를 끝끝내 감추고 있는 김우재는 이미 훌륭한 배우나 마찬가지였다. 다른 용의자가 나타나지 않으면 빠른 시일 내에 김우재를 기소해야만 했다. 오래전 끊었던 담배가 간절해졌다.

침침해진 눈을 문지르고 있자 휘몰아치는 바람 소리가 극적인 무대를 만드는 효과음처럼 들렸다. 창문을 흔드는 바람이 얼마 전 딸아이에게 읽어주었던《눈의 여왕》속 게르다가 만난 지독한 눈바람처럼 여겨졌다. 일곱 살 딸아이가 읽기엔 어두운 얘기가 아닐까 싶었는데 아이는 게르다가 마음에 든다며 다시 읽어달라고 졸랐다. 카이의 죄가 게르다의 사랑으로 구원된다는 이야기의 해석을 읽고 나자 구원이라는 말이 막막하게 여겨졌다. 죄를 지은 인간에게 구원이 가능한가 싶었다. 죽은 아이를 위해서라면 거짓 증언을 하며 진범 찾는 걸 방해하는 김우재라도 기소해야 한다고 생각했다가 그랬다간 진범을 영영 잡지 못하게 될 것 같아 입이 썼다.

그만 집으로 가야겠다 싶어 컴퓨터를 끄고 일어나는데 차우리 경장이 사무실로 들어왔다. 아직 계셨네요? 하는 카랑카랑한 목소리가 반가워 저도 모르게 한 손을 들어올리며 인사했다.

"이 날씨에 집에 안 가고 여긴 왜 왔습니까?"

"제가 형사님 보고 싶어서 왔겠어요? 사건 현장 다시 가볼 수 있죠?"

"지금 말입니까? 파도가 보통이 아닐 겁니다."

"아무리 생각해도 배밖에 없어요. 왜 배를 조사하지 않았을까요?"

"사체를 뭍으로 실어온 낚싯배에는 의심할 만한 게 없었습니다."

"배가 김우재와 아이를 태워 갔다면요? 우리나라에서 블랙박스와 CCTV로 잡지 못하는 곳은 강이랑 바다가 유일하죠. 강변, 해변 전부 CCTV가 없잖아요. 해상 교통관제 시스템의 고장이 잦은 건 누구나 쉽게 알 수 있는 일이고 AIS를 뗀 중소형 선박이라면 위치를 잡을 길이 없지 않나요? 이 부근은 불법 중국 어선이 오는 바다가 아닐 뿐더러 북한에서 넘어온 배가 있을 리 없으니까 야간 해상 경비가 좀 느슨하잖아요?"

"해경이 들으면 큰일날 소리 하십니다."

"무인도 매매까지 알아봤잖아요. 5천 평이 넘는 섬을 4억에 살 수 있던데. 배로 이십 분밖에 걸리지 않고요."

"섬 얘기는 왜 합니까?"

"배로 이동했다면 목적지가 있을 것 같아서요. 아이는 새벽 세 시까지 살아 있었어요. 김우재와 피해자가 올라간 산은 길이 좋지 않았죠. 샛길인지 등산로인지 헷갈리기도 쉽고요. 그 나이대의 아이가 한 장소에 숨어서 가만히 버틸 수 있는 시간이 얼마나 될까요?"

"우리 딸을 생각하면 휴대폰 없이는 십 분도 힘듭니다."

"그러니까요. 왜 그걸 생각하지 않았을까요? 김우재와 아이가 천천히 계속 이동하였을 가능성은요? 젤리나 사탕 같은 것을 주면서, 잡목을 헤쳐 가며 밤을 때 움직여 산을 내려온 거죠. 김우재와 아이가 올라간 산과 맞닿은 해발 136미터의 나지막한 산을 거쳐 해수욕장 쪽으로 내려왔다면 어땠을까요? 지금까지 김우재와 아이가 이동한 동선을 너무 짧게 잡고 있었던 것 같아요."

"김우재가 피해자와 숨어 있었다고 한 진술에 알게 모르게 영향을 받은 것 같습니다. 김우재의 이야기 속 피해자는 이미 죽어 있었는데 말입니다."

"하지만 살아 있었죠. 김우재도 아이와 같이 배를 탔을까요?"

"배라고 확정짓긴 이릅니다. 가능성이 없는 이야기가 아니니까 해수욕장 쪽에서 목격자를 다시 찾아봐야겠습니다."

"배를 타는 게 눈에 띄지 않으려면 완전히 어두워진 뒤여야 해요. 그날의 일몰 시간은 저녁 일곱 시 십육 분이었어요. 첫 번째 가능성은 아이가 산에서 내려온 뒤 바로 배에 타서 어딘가에 있다가 바다에 버려진 거고, 두 번째 가능성은 아이가 김우재와 해수욕장 근처에 있다가 새벽 두세 시쯤 배에 탄 뒤 살해당한 거예요. 새벽 여섯 시까지 김우재의 행적은 밝혀진 게 없죠."

지 형사는 자신이 김우재라면 어떻게 했을지 생각했다. 새벽 두세 시까지 아이를 혼자 두진 않았을 것 같았다. 차우리 경장에게 앉으라고 권하자 차우리 경장이 시계를 보더니 사건 현장으로 가면서 얘기하자고 했다. 지 형사는 자리를 정리하고 아내에게 전화를 걸었다. 기다리지 말고 자라는 말에 딸아이가 배가 고프다고 칭얼거렸다. 아내는 딸아이와의 실랑이에 신경이 날카로워져 있었다. 양치까지 하고 누운 게 여덟 시인데 책 읽어달라, 화장실 가고 싶다, 물 마시고 싶다고 하면서 안 잔다는 거였다. 지 형사는 전화로 딸아이를 달랬다. 지금 먹으면 또 양치해야 되니까 아침에 먹자. 아빠가 예서 좋아하는 소프트 아이스크림 사갈게. 냉동실에 넣어둘 테니까 일어나자마자 먹는 거야. 어때? 지 형사의 말에 딸아이가 지금 먹고 싶다고 칭얼거리다가 아내에게 혼나는 소리가 들려왔다. 지 형사가 전화를 끊자 휴대폰을 보고 있던 차우리 경장이 애가 아빠를 기다리나보네요, 했다. 지 형사가 그렇겠죠 하고 쓸쓸하게 말했더니 차우리 경장이 애들은 단 걸 좋아하죠? 하고 물었다. 지 형사는 짜장면이랑 라면도 좋아한다고 대답하고는 생각에 잠겼다.

바람이 거세게 불고 있어 차체가 흔들렸다. 바꿔야지 하면서 아직 타고 있는 십 년 된 검은색 아반떼였다. 지 형사는 무심코 플레이 버튼을 눌렀다가 험프티 덤프티 영어 동요가 흘러나와 오디오를 껐다. 차우리 경장이 잠깐만요, 이 노래만 다 들어요 하고 다시 플레이 버튼을 눌렀다. 노래가 끝나자 지 형사가 머쓱하게 말했다.

"아내가 차에 영어 동요 CD만 갖다놓은 걸 깜빡했습니다."

"이 노래 진짜 오랜만에 들어요. 요즘 애들도 듣는구나. 우리가 지금 부르는 것 같은 거센 바람이어서 험프티 덤프티를 산산조각 내버릴 수 있다면 얼마나 좋을까요?"

"엄청난 추락이 있어야겠군요."

"아니, 사실은 산들바람에도 깨뜨릴 수 있는 게 험프티 덤프티죠. 험프티 덤프티가 원래는 대포 이름이에요. 높은 탑 위에 거대한 대포가 있었는데 적이 탑을 무너뜨리니까 바닥으로 추락해 산산조각이 난 거죠. 무기가 사라진 성은 바로 함락되어버렸고요. 겉만 번지르르하면서 역할을 제대로 못하는 사람을 험프티 덤프티로 많이 비유하잖아요? 워터게이트 사건을 파헤친 두 기자 얘기를 담은 소설 제목을 험프티 덤프티 가사에 나오는 '모든 왕의 부하들'이라는 말로 지은 것도 유명하고요. 대포를 달걀에 비유한 통찰력이 대단한 것 같아요. 깨진 달걀 껍질을 다시 붙인다고 병아리가 태어나는 건 아니니까요."

"우리의 적이 작은 흔들림에도 완전히 무너져버릴 거다, 생각보다 낙관적이시네요."

"탑을 공격한다면요. 그게 바로 결정적 증거이기도 하고요. 드러나고 보면 공들여 쌓은 탑이 아니어서 허탈한 사건도 많잖아요."

"실체가 복잡하게 가려지다 보면 명성만 남아 실체에 접근하기가 힘들어지기도 하죠. 잘못 건드렸다간 엉뚱한 담만 무너뜨릴 수 있습니다."

"생각보다 비관적이시네요."

"낙관이 사건을 해결해주는 건 아니지 않습니까?"

"집요하게 물고 늘어지려면 최소한의 낙관이 있어야 하는 것 아닐까요?"

"저는 수사관이 자기가 맡았던 미제사건을 해결하려고 오 년이고 십 년이고 그 사건을 끌어안는다면, 그건 사건에 대한 낙관이 있어서라기보단 피해자에 대한 연민이 있기에 가능한 일이라고 생각합니다."

"연민이라……. 그런 물렁한 감정으로 악을 품은 사람을 잡을 수 있을까요?"

"허허, 그러게 말입니다."

지 형사는 조금 더 얘기하고 싶은 부분이 있었지만 사건 현장에 가는 사람들답지 않게 격앙된 것 같아 더 이상 말을 꺼내지 않았다. 현수막이 바람에 떠밀려 도로 위를 굴러다녔다. 쓰러진 입간판이 플라스틱 고정대와 함께 인도와 도로 사이에 아슬아슬하게 걸쳐 있었다. 현수막을 피해 차를 몰며 지 형사는 험프티 덤프티 노래에서 이상하게 생각했던 부분을 떠올렸다. 모든 왕의 말과 왕의 사람들이 달려와 깨진 달걀을 붙이려 애쓸

때 왕은 무엇을 했을까? 왜 차우리 경장은 왕이 아니라 험프티 덤프티를 무너뜨릴 수 있으면 좋겠다고 말했을까? 왕은 도대체 어디로 간 걸까? 범인을 잡는다 하더라도 피해자가 죽을 수밖에 없었던 이유, 누군가는 손쉽게 운명이라고 부르는 죽음의 진실은 이미 손에 잡히지 않는 곳에 있는 게 아닐까? 지 형사는 이런 예감이 낙관인지 비관인지 알 수 없었다.

편의점 앞에 차를 대고 방파제 쪽으로 길을 건너갔다. 바람에 우산살이 휘어졌다. 우산은 비바람을 하나도 막지 못했고 우산이 날아가지 않게 잡고 있는 일이 오히려 짐이 되었다. 지 형사와 차우리 경장은 길을 건너자마자 약속이라도 한듯 우산을 접었다. 거칠게 밀려온 바닷물이 방파제를 집어삼켰다가 물러났다. 십여 대의 낚싯배가 거칠게 요동치는 바다에서 위태롭게 흔들렸다. 차우리 경장이 플래시를 켜고 배 이름을 살폈다. 미라클 1호, 2호, 3호가 나란히 정박되어 있었다. 프린스호는 1호부터 4호까지 태양호와 풍년호 사이에 정박되어 있었다. 지 형사는 차우리 경장이 왜 이렇게 궂은 날 현장에 오자고 했는지 그제야 이해가 갔다. 날이 궂어 배가 모두 들어와 있었다. 미라클호와 프린스 호는 배의 이름을 쓴 글씨의 색과 모양, 크기가 같았다. 한 선주가 여러 척의 배를 가지고 있는 모양이었다.

참고인 조사에서 누군가 태산개발에서 배를 많이 가지고 있다고 했다. 참고인 서진철의 얼굴이 떠올랐다. 서진철은 목소리를 낮춰서 주위를 두리번거리며 말했다. 우리 딸은 배를 못 탑니다. 배에서 무슨 일이 있었냐고 물어도 어릴 때 있었던 일이라 모르겠다고만 해요. 왜 지금 그 말이 떠오르는지 모를 일이었다. 차우리 경장이 바람에 흩날려 얼굴을 뒤덮는 머리카락을 쓸어넘기며 말했다.

"미라클 3호, 도색을 새로 한 거 같지 않나요? 지금까지 밝혀진 범인의 특성상 아이를 배에 태웠다면 증거를 없애기 위해서 도색을 새로 했을 거예요. 아이가 둔기로 머리를 맞았으니 분명 피가 많이 났을 거예요. 파도에는 좀 약하지만 무인도나 방파제 등으로 가기 쉬운 10톤급 정도의 선박이었을 테고요. 이번엔 제대로 잡은 거 같죠?"

미궁을 헤치고 나와 출입구에서 흘러나온 빛을 찾았을 때의 짜릿함이 차우리 경장의 얼굴에 서려 있었다. 지 형사는 배가 맞다면, 하고 속으로 생각하며 굳은 얼굴로 고개를 끄덕였다.

"사건 발생 후 도색을 새로 한 배를 찾아보면 되겠군요."

"여기서 한 대 찾았어요. 또 가볼까요?"

차우리 경장은 배가 정박되어 있는 모든 곳을 돌아볼 기세였다. 지 형사는 차우리 경장의 추측이 일리가 있다고 생각하면서도 이미 머리가 잘려버린 뱀의 꼬리를 쥐고 있다는 느낌을 떨칠 수 없었다. 차우리 경장이 먼저 횡단보도를 건너 편의점 쪽으로 뛰어갔다. 지 형사는 피해자가 머물렀던 자리를 거칠게 뒤덮는 바닷물을 잠시 지켜보다 인적이 끊긴 이차선 도로를 건너갔다. 차우리 경장이 편의점에서 나오며 원 플러스 원이에요, 하고 캔 커피를 내밀었다. 지 형사는 커피를 받아들며 편의점 간판을 올려다보았다. 아이가 편의점을 마주하고 있는 방파제에서 발견된 것에 어떤 의미가 숨어 있는 것만 같았다. 차우리 경장과 자신의 손에 들린 똑같은 커피를 번갈아 보았다. 아니겠지 고개를 흔들었지만 어쩌면 김우재 역을 대체할, 완벽히 진범에 가까운 용의자가 나타날지도 모른다는 생각이 떠올라 몸을 흠칫 떨었다.

7
갇힌 아이는 뛸 수 없다

유나에게 사실을 털어놓을 기회가 몇 번이나 있었다. 현서는 철을 만난 것 같다고, 손톱 아래에 피가 굳어 있었던 게 생각났다고 말하는 순간을 밤낮으로 머릿속에 그렸다. 두렵고 혼란스러워서 저도 모르게 거짓말을 했다고 고백하는 상황을 계속 떠올렸다. 돌이켜보면 가벽 뒤로 갔던 그날, 유나의 집으로 가 셋이서 라면을 먹을 때 얘기를 꺼낼 수 있었다. 하지만 윤영석이 힘든 일을 시켜 미안하다고, 잘못된 제보가 많은데 이번에는 잘못된 제보여서 다행이었다고 자책하는 바람에 말을 꺼낼 수 없었다.

유나가 거실에 이불을 펼쳐주며 아빠가 학교로 찾아오면 어떻게 하느냐고 걱정할 때 다시 컨테이너에 가보자고 할 수 있었다. 현서가 아까 거기에서요, 하고 주저하자 유나가 솔직히 위험했다고, 다음에는 윤영석이 뭐라든 경찰을 부를 거라고 했기에 현서는 또 말을 삼켰다. 경찰이 가면 남자애의 말대로 컨테이너에 있던 아이가 아무도 모르는 곳으로 옮겨져 굶어 죽게 될 것 같았다. 현서의 입안에서 피비린내가 느껴졌다. 지하방에서는 며칠 동안 물 한 모금 먹지 못해 입이 마르고 입술이 찢어졌다.

이렇게 아무것도 못하고 망설이는 사이 아이는 이미 다른 곳으로 갔을지도 몰랐다. 남자애가 준비하고 있겠다는 건 뭐였을까? 구멍 밖으로 나왔을 때, 그때 바로 컨테이너에 아이가 있다고 말했어야 했다. 나오자마자 경찰을 불렀어야 했다. 아이를 구할 단 한 번의 기회를 놓쳐버린 것만 같았다. 방파제에서 아이의 손을 놓았던 그때처럼 붙잡지 못했다. 아이를 두고 도망쳐버렸다. 가벽 너머에 아무도 없다는 듯 차에 탄 순간 일은 돌이킬 수 없게 되어버렸다.

현서는 거듭해 그때를 되짚었다. 너무 많이 생각해 사다리를 구해와 가벽을 넘어가는 자신이 진짜인 것처럼 느껴지기도 했다. 현서가 아이의 손을 잡고 뛸 때 윤영석과 유나는 남자애를 매섭게 혼내주었을 것이다. 그렇지만 현실은 늘 상상의 반대편에 있었다. 상상과는 완전히 다른 현실에서 상상대로 하지 못하는 절망과 후회까지 짊어져야 했다.

도대체 왜 사실대로 말하지 못했을까? 아이가 위험해질까봐 두려웠다는 건 변명에 불과했다. 현서는 자신도 속아넘어갈 법한 그럴듯한 변명을 찾고 싶었다. 사실을 알고 나면 윤영석과 유나가 자신을 비난할 것만 같았다. 그런 취급을 받아도 마땅하다고 생각했다가 입술을 잘근잘근 씹었다.

흙바닥을 파헤치는 꿈을 매일같이 꿨다. 삼촌이 땅을 파라고 호통쳤다. 자갈이 박힌 땅은 손으로 파헤쳐지지 않았다. 자갈을 파면 그 아래에 돌덩이가 있었다. 돌과 흙에 긁힌 손에 피가 맺혔다.

잠에서 깨고 나면 손을 내려다보며 아이 둘이 구덩이를 파는 건 불가능하다고 중얼거렸다. 갈라지고 피가 맺힌 손끝의 감각이 선명하게 떠올라도 실제로 있었던 일이라고 믿고 싶지 않았다. 아무 일 없었던 것처럼 유나와 이야기하는 게 괴로웠다. 유나가 현서의 마음을 감싸주려 노력할수록 두려움이 더욱 커졌다. 유나에게만은 이 모든 일을 들키고 싶지 않았다. 자꾸 화가 나고 온갖 것이 혐오스러워 가만히 앉아 있어도 숨이 찼다.

현서는 유나 집에 사흘간 머물다 집으로 도망쳤다. 유나는 점점 더 말이 없어지는 현서를 시시때때로 걱정했고 급기야 혼자 가벽 뒤로 갔을 때 무슨 일이 있었는지 물었다. 어딜 다쳤는데 걱정할까봐 숨기고 있는 것 아니냐는 천진한 짐작에 현서는 마음이 따끔거렸다. 유나는 그 일이 현서의 트라우마를 자극한 줄 알고 윤영석까지 데려와 자꾸만 미안하다고 했다. 현서는 아무것도 아니라고 고개를 저을 때마다 컨테이너의 아이가 떠올라 고통스러웠다.

집으로 돌아오자 진철은 현서가 보이지 않는 것처럼 굴었다. 누가 누구를 피하는 것인지 모를 만큼 마주칠 일이 없었다. 현서가 집을 나간 날 진철은 이삿짐센터에 있던 플라스틱 바구니를 집 안으로 끌고와 옷이며 세면도구, 베개와 이불까지 이삿짐센터로 옮겨놓았다. 현희는 아빠가 반찬을 사다주거나 돈을 줄 때에만 올라왔을 뿐 계속 이삿짐센터에서 잤다고, 호기심을 감추지 않은 얼굴로 가출은 어땠냐고 물었다.

"그래서 집에 와서 주무시라고 했어?"

현서가 묻자 현희가 능청스럽게 웃으며 현서의 팔짱을 꼈다.

"언니가 언제 올지 모르니까 안 했지. 내가 집에 아빠 안 온다고 문자 했는데 책상 위에서 띠링 하잖아! 어떻게 폰을 안 갖고 나가냐?"

"핸드폰이 책상 위에 있었다고? 꺼지지도 않고?"

"어! 그렇네. 어떻게 안 꺼졌지?"

현서는 암호가 걸려 있는 핸드폰을 열어 사진첩부터 문자까지 살펴보았다. 손을 대진 않은 것 같았지만 암호를 바꿨다. 현희는 아빠가 집에 없는 걸 즐거워했다. 밤엔 안방에서 TV를 보며 자지 않겠냐고 물었다.

"아빠한테 돈만 받고 이렇게 언니랑 둘이서 살면 좋겠다. 난 언니 대학 가는 데로 무조건 따라갈 거야. 언니가 집에 왔으니까 이제 아빠도 오겠지? 절대로 언니가 먼저 집으로 오라고 말하지 마. 알겠지?"

현희의 말이 아니었더라도 현서는 진철과는 얘기하고 싶지 않았다. 현희는 뭐 어때, 하면서 안방에서 혼자 잤다. 계단을 올라오는 발자국 소리에 놀라는 일만 아니라면 진철이 일 층에 있다는 사실을 잊을 정도였다. 현서는 유나의 영어 교습소에도 가지 않았다. 유나와 멀어지는 게 고통스러웠지만 다른 방법이 없었다.

여름 휴가철이 지나자 신종 바이러스 확진자 수가 폭발적으로 늘었다. 서울의 고3은 학교를 가지 않는다는 소문이 퍼지기도 했다. 담임은 9월 모의고사 점수로 수시 지원과 정시 지원의 방향을 결정하겠다고 했다. 현서는 머릿속에 글자가 들어오지 않아 같은 지문을 거듭해 읽고, 다음 문제로 갔다가 앞으로 돌아와 다시 풀기 일쑤였다. 대입 준비로 촘촘하게 짜인 시험 일정 탓에 학교를 빠질 수 없었다.

학교 앞에 있는 유나의 차를 발견했을 땐 어디로든 숨고 싶었다. 유나는 학생들이 인사하자 한 아이 한 아이 반갑게 부르면서도 뒤이어 나오는 무리에게서 눈을 떼지 않았다. 아이들의 무리 뒤에서 홀로 걸어나오던 현서와 눈이 마주치자 유나가 손을

흔들어 보였다. 현서가 어색하게 고개를 숙여 인사했다. 유나는
애써 웃으며 차에 타라고 말했다. 현서는 유나를 보자마자 아
이의 흐느낌이 들리던 컨테이너, 배가 부풀어오른 헬렌이 연쇄
적으로 떠올라 도망치고 싶었다. 하얗게 질린 현서가 그저 차를
바라보기만 하고 있자 유나의 표정이 복잡해졌다. 웃음을 거두
지 않았지만 눈에는 서운한 기색이 묻어나왔다.

"차에 타기 싫어?"

현서가 대답하지 않자 유나는 뒤돌아서서 머리를 쓸어넘기고
한숨을 쉬었다.

"그럼 걷자."

차를 교문 앞에 세워두고 유나가 먼저 걸어갔다. 현서는 하는
수 없이 유나의 뒤를 따라갔다. 태풍이 지나가고 난 자리에 또
다른 태풍이 만들어져 서서히 북상하고 있었다. 하루 종일 쓰고
있었던 마스크와 후텁지근하고 눅눅한 공기에 숨이 막혔다. 유
나는 무슨 생각을 하는지 빠른 걸음으로 걸어갔고 현서는 숨이
차서 몇 번이나 걸음을 멈췄다. 불러도 들리지 않을 정도로 멀
어지자 유나가 멈추어 서서 현서를 기다렸다. 지대가 높은 언덕
위로 간간이 바람이 불어왔다. 언덕을 넘어가면 유나와 자주 걷
던 산책로가 나왔다. 건조 중인 선박의 불빛이 까마득히 멀리
있는 것처럼 반짝였다.

"내가 영석 씨하고 만나는 게 싫어?"

아니라고 할 수도 없고 그렇다고 할 수도 없었다. 현서가 말을 하지 않자 유나가 숨을 크게 내쉬며 쓰고 있던 마스크를 벗었다.

"이제 수능이 얼마 남지 않아서……. 아빠하고 또 그런 일이 있었다간 아무것도 못 할 거 같기도 하고……."

현서가 우물거리며 말을 뭉개자 유나가 말했다.

"아무리 생각해도 내가 영석 씨랑 만나면서부터 우리가 달라진 것 같아. 솔직하게 말해줘."

현서는 유나가 윤영석과의 관계를 다시 고민할 정도로 자신을 소중히 여긴다는 게 코끝이 찡할 만큼 고마우면서도 마음이 아팠다. 유나가 그날의 얘기를 또 꺼낼까봐 현서는 나오는 대로 아무렇게나 말했다.

"싫고 서운해도 어쩔 수 없잖아요. 제가 뭐 선생님 가족도 아니고……."

얘기하면 얘기할수록 유나가 윤영석을 만나는 게 서운해서 그랬던 것처럼 눈물이 났다. 유나가 훌쩍이고 있는 현서의 머리를 쓰다듬었다.

"얘기해줘서 고마워. 뭐든 숨기지 말고 이렇게 솔직하게 말해줘. 내가 더 노력할게."

유나의 다정한 말에 현서는 고개를 들 수 없었다. 현서가 유나의 손길을 피했다. 유나는 현서를 가만히 바라보았다. 현서가 눈을 피하며 딴청을 피우자 유나는 다시 마스크를 쓰고 핸드폰을 꺼내 시간을 확인했다.

"수업은 들으러 올 거지?"

유나가 애써 명랑하게 물었다. 현서는 한참 생각하다 짧게 대답했다.

"혼자 해볼게요."

"집까지 태워줄게."

유나의 말에 현서가 학교와는 반대 방향을 가리켰다.

"저는 저쪽으로 갈게요."

유나는 반쯤 체념한 듯 그래, 하고 한숨을 쉬었다. 현서는 유나에게 허리를 숙여 인사하고 먼저 뒤돌아섰다. 유나가 언덕 위에 그대로 서 있을 것을 알면서 빠르게 걸어내려왔다. 자꾸 눈물이 나는 게 숨이 차서인지, 돌이킬 수 없는 거짓말을 한 스스로에 대한 원망 때문인지 알 수 없었다.

그때 현서 옆으로 익숙한 번호판을 단 버스가 지나갔다. 그곳으로 가는 버스였다. 이대로 계속 유나를 속이며 피하고 싶진 않았다. 유나를 보지 못하는 동안 계속 나쁜 꿈을 꿨고 그걸 털어놓을 사람이 없다는 사실이 끔찍했다. 아이의 흐느낌 소리가 자꾸 귓전을 맴돌아 견디기 힘들었다. 이번이 어쩌면 실수를 덮을 마지막 기회일지도 몰랐다. 현서는 버스를 향해 뛰었다. 아이가 아직 그곳에 있다면 무슨 짓이든 할 수 있을 것 같았다. 현서는 가까스로 버스에 올라탔다.

버스에서 내려 가벽 옆 콘크리트 건물로 들어갔다. 현서는 가쁜 숨을 헐떡이며 구멍 앞에 쪼그려앉았다. 잠깐만 들어갔다 나오는 거야. 컨테이너에 아이가 있는지 보고 오는 거야, 하고 속으로 중얼거렸다. 직접 눈으로 컨테이너를 확인해야 유나에게 할 말이 생길 것 같았다. 가방을 벗어놓고 심호흡을 했다. 더 망설이지 않고 구멍으로 기어들어갔다. 손과 무릎에 미끄럽고 끈적끈적한 기름이 묻었다. 손을 더듬어 드럼통 사이의 길을 빠져나갔다. 어둠에 눈이 익고 나서도 바로 앞에 무엇이 있는지 가늠이 되지 않았다. 걸려 넘어지지 않도록 발밑을 확인하며 걸음을 옮겼다. 전에 왔을 때보다 쓰레기 더미가 더 많아져 발 디딜 자리가 없었다. 무릎에 걸리는 것을 만져봐야 플라스틱인지, 폐 고철인지, 옷 더미인지 알 수 있었다. 쓰레기를 손으로 치워가며 컨테이너 앞에 다다랐을 때 먼 곳에서 모터 소리가 들리기 시작했다. 모터 소리가 점점 커졌다. 배가 컨테이너 뒤의 바다로 오고 있는 것 같았다.

벽면을 울리는 모터 소리와 떨림, 쉴 새 없이 출렁이는 배. 그 자리에 가만히 있으려고 해도 엉덩이가 계속 미끄러졌다. 이를 악물고 버텨도 버텨지지 않았다. 비리고 축축한 바닥에 금방이라도 바닷물이 새어들 것 같았다. 살려달라고 흐느끼다 구토를 했다. 미끈미끈한 손을 바닥에 문질렀다. 머리 위에서 문이 열리고 삼촌이 나오라고 소리쳤다. 안 나오고 뭐 해! 끌어내리려는 손을 붙잡았다가 손에 묻은 토사물 때문에 다시 바닥으로 미끄러졌다. 시간 없어, 빨리 움직여! 삼촌의 목소리가 모터 소리에 파묻혔다. 딱딱하고 무거운 신발이 배를 찼다. 다시 집어넣으라는 목소리가 귀에 쟁하고 울렸다. 바닥으로 곤두박질치듯 떨어졌다.

순식간에 떠오른 감각에 현서는 한동안 움직일 수 없었다. 돌아나가야 했다. 언제나 배가 싫었다. 벚꽃이 흐드러지게 핀 유원지의 호수에서 오리배조차 타지 않았다. 모터 소리가 가까이 다가왔다. 흐느끼는 듯한 신음 소리가 들렸다. 주의를 기울이지 않으면 들리지 않는 가느다란 흐느낌이었다. 컨테이너 안에서 소리가 흘러나왔다.

컨테이너에 귀를 대자 흐느낌이 더 분명히 들렸다. 아마키 샤하즈 카르, 아마키 샤하즈 카르. 처음 듣는 타국의 언어였지만 살려달라고 애원하는 걸 알 수 있었다. 컨테이너를 더듬어 문이 있는 곳을 찾았다. 문고리를 잡아당기자 자물쇠가 덜컹거렸다. 자물쇠 연결 부분의 틈이 손에 만져졌다. 잠그지 않고 걸어놓고만 간 모양이었다. 아래로 잡아당겨 비틀었다. 녹이 슨 몸통이 뻑뻑하게 옆으로 돌아갔다. 자물쇠를 빼내고 문을 열었다. 어스름한 불빛에 눈이 부셨다. 에펠탑이 프린팅된 노란색 반팔 티셔츠를 입은 여자애가 바닥에 반듯하게 누워 있었다. 흘러내리는 눈물을 훔치지도 않고 몸을 일으키지도 않은 채 현서를 겁먹은 얼굴로 쳐다보기만 했다. 동양인 특유의 노란빛이 도는 피부에 쌍꺼풀이 없는 커다란 눈, 눈앞에 있는 아이가 헬렌이 아닌 걸 알면서도 현서는 아이에게서 눈을 뗄 수 없었다. 방파제의 그 아이와 체구와 나이가 비슷해 보였다. 지난번에 컨테이너 문틈으로 보았던 아이인지는 알아볼 수 없었다. 아이의 입술이 바싹 말라 있었다. 아이가 옆으로 돌아누워 몸을 일으켰다. 현서가 괜찮은지 묻자 아이가 경계하는 얼굴로 주춤 물러났다.

찌그러진 플라스틱 물병이 바닥에 나뒹굴었고, 언제 먹었는지 모를 짜장면이 눌어붙은 그릇이 문 옆에 쌓여 있었다. 붉은색 러그와 컨테이너 벽을 따라 놓여 있는 하트 모양 쿠션, 벨 모양의 깃이 달린 스탠드 램프는 그 부분만 본다면 잘 꾸며진 카페를 연상시켰다. 스탠드 램프가 놓인 벽에는 유럽풍의 낮은 주택가를 스케치한 시트지가 붙어 있었다. 반대쪽 벽에는 가로로 긴 책상 위에 모니터 세 대와 컴퓨터 본체가 놓여 있었다. 현서가 모니터가 놓인 책상 위의 주먹만 한 가정용 CCTV를 발견했을 때 모터 소리가 갑자기 멈췄다. 현서는 반사적으로 뒤를 돌아보았다. 바람이 불자 쓰레기 더미에서 종이와 비닐이 살아 있는 것처럼 흩날렸다. 목소리를 낮춰 얘기하는 남자들의 목소리가 들렸다. 발자국 소리 하나가 컨테이너 쪽으로 다가왔다. 허둥대다 컨테이너 안으로 들어가 문을 닫았다. 머뭇거리고 있을 시간이 없었다.

"널 구하러 왔어. 업혀야 돼. 알겠지?"

현서가 속삭이자 아이가 고개를 끄덕였다. 현서가 아이 앞에 등을 댔다. 그저 운이 좋기를 간절히 바라며 아이를 업고 일어났다. 숨을 가다듬고 문을 열었다. 검은색 모자에 검은색 마스크, 지난번과 똑같은 차림의 남자애가 문 앞에 서 있었다. 놀라 뒤로 물러나는 현서와 달리 남자애는 예상이라도 한 듯 여유로웠다.

"겁도 없이 다시 왔어?"

"비켜."

"애를 훔치면 안 되지. 얘가 얼마짜리인지는 알고?"

"애를 어디로 데려가는 건데?"

"이 배에서 저 배로 팔려다니다가 어느 섬으로 가게 될걸? 내려놔."

아이가 현서의 어깨에 더 단단히 매달렸다. 현서가 나가려고 하자 남자애가 문 앞을 가로막았다. 현서는 남자애를 노려보다가 남자애가 쓰고 있는 검은색 마스크를 잡아당겼다. 여드름이 난 앳된 얼굴이 고스란히 드러났다. 두툼한 입술과 콧방울이 넓게 퍼진 낮은 코가 김기운과 닮아 보였다.

"뭐 하는 거야?"

남자애가 컨테이너 바닥으로 떨어진 마스크를 주우려고 허리를 숙였다.

"너, 철이지?"

"뭐?"

남자애가 허리를 숙인 채로 고개를 들었다.

"김기운 아들, 헬렌이랑 같이 있었던 철이. 이모가 난 뭐라고 불렀지?"

"씨발, 너 뭐야?"

"헬렌은 어떻게 된 거야? 거기 헬렌이 있었지? 너도 기억나지?"

"하, 웃기지 마. 헬렌이라고?"

"그래, 웃기는 바비 인형 말고 진짜 헬렌."

헬렌을 얘기하는 현서의 손에 땀이 배어났다. 철의 눈동자가 동요한 듯 흔들렸다.

"헬렌도 팔아버렸던 거야?"

현서가 묻자 철이 고개를 저었다.

"몰라, 지금 그게 무슨 상관이야?"

"땅을 파라고 자꾸 소리를 질러. 꿈에서 구덩이를 파. 손에서 피가 흐르는 데도 파고 있어. 아니지? 우리가 그런 거 아니지?"

현서는 어느새 울먹이고 있었다.

"땅을 팠다고? 아니, 아니지. 땅이 아니야."

철이 혼란스러운 표정으로 고개를 흔들다가 손을 비비고 손톱을 바지에 문질렀다.

"헬렌을 안다고? 씨발, 헬렌을?"

철은 손톱을 문지르는 걸 멈추고 중얼거리다가 현서의 등에 업혀 있는 아이를 봤다. 철이 몸서리를 치더니 등에 뭐라도 붙은 것처럼 팔을 뻗어 등을 더듬었다. 그러곤 갑자기 컨테이너 벽에 등을 대고 비볐다. 겁에 질려 고통스럽게 일그러진 얼굴로 소리를 질렀다. 그 모습을 보자 철의 등에 업혀 힘없이 늘어진 헬렌의 발이 떠올랐다. 딱지로 뒤덮인 검게 변한 발이었다. 일을 제대로 못한다고 철이 컨테이너 앞에서 맞았다. 시간 없어. 배로 데려가. 이모가 현서를 일으켜세워 끌고 가며 귀에 대고 속삭였다. 울거나 소리 지르지 마. 삼촌은 나쁜 사람이 아니야. 어쩌다 나쁜 일이 생겼을 뿐이야. 무슨 일이 있어도 죽은 것처럼 가만히 있어야 돼. 알겠지?

철과 헬렌이 선실에서 나가고 나서 현서는 머리 위에 달린 문을 긁었다. 선실은 관처럼 좁았다. 시끄럽게 돌아가던 모터가 꺼지자 싫다고 울부짖는 철의 목소리가 들렸다. 삼촌이 철을 다 그쳤다. 이모가 소리내어 울었다. 철이 발작적으로 비명을 지르다가 고통스러운 신음 소리를 내고는 헬렌에게 잘 가라고 인사를 했다. 얼마 뒤 둔탁한 무언가가 바위에 부딪히는 소리가 들렸다. 갈매기 수십 마리가 어지럽게 울었다. 모래가 쏟아져내리

156

는 소리가 선실에까지 울려퍼졌다. 손으로 입을 막고 발버둥치다가 현서는 정신을 잃었다.

배에 갇혀 있었던 그때처럼 속이 뒤집어졌다. 현서가 신음하듯 물었다.

"우리 어쩌다 살아남았지?"

철이 현서의 등에 업혀 있는 아이를 보고 괴성을 내지르며 울부짖었다. 그때 아이가 현서의 귀에 대고 분명하지 않은 발음으로 속삭였다.

"빨리 살려줘."

헬렌과 함께 수도 없이 연습했던 바로 그 말이었다. 이 아이도 수십 번, 수백 번 좁은 방에, 컨테이너에 갇혀 연습했을 말. 온몸이 휘청거려 금방이라도 앞으로 고꾸라질 것 같았지만 눈을 크게 뜨고 숨을 가다듬었다. 아이를 업고 컨테이너 밖으로 나왔다. 수군거리는 목소리가 컨테이너 쪽으로 다가오고 있었다. 아이를 업은 채 뛰었다. 묵직함을, 숨소리를, 온기와 부드러움을 느끼며 힘을 다했다. 무슨 일이냐고 다그쳐 묻는 목소리, 짐승처럼 울부짖는 철의 소리가 점점 멀어졌다. 드럼통이 쌓여 있는 곳으로 들어가자 고양이가 나지막하게 울었다. 그 소리를 따라 구멍을 찾았다. 아이를 구멍 안으로 밀어넣자 아이가 재빠르게 움직였다.

아이를 부축해 폐건물을 빠져나오자 폐건물과 이어진 가벽이 흔들렸다. 누군가 가벽의 작은 문을 열고 있었다. 뒤를 돌아보지 않고 뛰었다. 골목만 빠져나가면 버스정류장 옆에 편의점이 있었다. 골목 끝에 다다랐을 때 다리에 힘이 풀려 하마터면 넘어질 뻔했다. 쇠파이프가 바닥에 부딪히는 소리와 함께 가벽의 문이 열렸다. 아이는 어느새 현서를 앞서 있었다. 맨발로 절뚝거리며 현서의 팔을 잡고 이끌었다.

편의점 안으로 들어가자마자 아이를 카운터 아래로 밀어넣었다. 편의점 조끼를 입은 중년의 여자가 무슨 일이냐고 물었다. 눈매가 새엄마를 닮은 것 같았다. 현서가 다급하게 말했다.

"나쁜 사람들이 애를 잡아가려고 해요. 잠깐만 숨겨주세요."

"경찰, 경찰 부를까?"

경찰이라는 말을 듣자마자 아이가 강하게 고개를 흔들며 '경찰, 안 돼요' 하고 울먹였다. 설명할 겨를이 없었다. 현서는 아이를 따라 들어가 계산대 아래에 웅크렸다. 아이가 온몸을 떨며 거칠게 숨을 내쉬었다. 현서는 헬렌과 있을 때 그랬던 것처럼 아이에게 몸을 꼭 붙이고 팔짱을 꼈다. 곧이어 편의점 문이 열리는 소리가 들렸다. 점원이 입고 있던 조끼를 벗어 현서를 덮었다. 한 명, 두 명, 세 명. 좁은 편의점 안을 작업화를 신은 투박한 발이 어지럽게 돌아다녔다. 굵은 목소리의 남자가 말했다.

"여기 방금 누가 들어오지 않았습니까?"

"누가 들어와요?"

긴장한 듯 갈라진 점원의 목소리가 떨렸다. 현서는 아이의 팔을 붙잡으며 눈을 질끈 감았다. 문을 여는 소리가 들렸다.

"거기 들어가시면 안 돼요. 창고예요."

"잠깐만 확인해보겠습니다."

"뭐 하시는 거예요? 경찰에 신고할 거예요."

경찰이라는 말에 아이가 고개를 들었다. 현서는 반사적으로 아이의 입을 막았다. 아이가 금방이라도 울음을 터뜨릴 것만 같아 조마조마했다. 남자들은 점원의 말에 아랑곳하지 않고 편의점 구석구석을 살폈다. 점원이 화가 난 목소리로 말했다.

"지금 당장 나가지 않으면 신고할 거예요. 빨리 나가세요."

마침 손님이 들어왔다.

"지희 엄마, 무슨 일이야?"

점원은 자연스럽게 불평을 늘어놓았다. 손님이 카운터 앞에 바짝 붙어 섰다. 어떻게 상황을 알았는지 손님이 큰 목소리로 점원을 거들었다.

"저 뒤 공터에 왔다 갔다 하는 사람들 아니야? 맞죠? 안 그래도 신고하려고 했어. 거기에 도대체 뭘 버리는 건지, 좁은 골목에 들어오는 쓰레기차 참는 것도 하루이틀이지. 한번 물어봅시다. 허가는 받았어요?"

손님이 한 남자를 붙잡고 쏘아붙이자 그 남자가 그만 나가자고 다른 사람들을 불렀다. 편의점 문이 열리는 소리, 남자들이 나가는 소리가 들리고 나서도 현서는 긴장을 풀지 못했다. 아이가 현서의 품에서 나오고 나서야 머리에 덮여 있던 조끼를 치우고 숨을 몰아쉬었다. 위를 올려다보자 점원이 아직 일어나지 말라는 손짓을 했다. 손님이 문을 열고 편의점 밖으로 나가 남자들이 완전히 간 것을 확인했다.

현서가 아이와 카운터 아래에서 나오자 점원이 무슨 일이냐고 물었다. 현서가 사정을 설명하려고 하자 아이가 현서의 팔을 잡아당겼다. 아이는 절박한 표정으로 고개를 흔들었다. 섣부르게 도움을 청했다가 삼촌이나 이모 같은 사람이 보호자로 나타나 아이를 데려가면 어쩌나 싶었다. 거기에 생각이 미치자 누구의 눈에도 띄지 않는 곳으로 빨리 숨어야겠다는 마음에 조급해졌다. 현서가 도와주셔서 감사하다고 인사하자 얘, 잠깐만 하고 점원과 손님이 현서를 불렀다. 현서는 다시 한번 고개를 숙여 보인 뒤 아이의 손을 잡고 편의점 밖으로 나왔다. 아이가 채 두 걸음을 걷지 못하고 주저앉았다. 아이의 상처투성이 발에 힘이 하나도 없었다. 아이 앞으로 현서가 다시 등을 대주었다.

점원이 따라 나와 어디로 가는지 물었다. 현서는 대꾸하지 않고 버스정류장에 섰다. 점원의 키가 크고 덩치가 좋아서 또 새엄마가 떠올랐다. 새엄마가 살아 있었다면 저분처럼 주름이 생기고 흰머리가 많아졌겠지 생각했다. 점원은 아무래도 마음이 놓이지 않는지 아이와 현서를 번갈아 보며 집이 어디야? 경찰서에 안 가봐도 되겠어? 하고 재차 물었다.

"이제 집으로 가면 돼요. 감사합니다."

현서가 미소를 지으려고 노력하며 말했다. 점원이 현서의 말에 돌아섰다가 다시 왔다. 그러곤 현서의 호주머니에 만 원짜리한 장을 넣어줬다.

"우리 딸이 졸업한 학교 교복이라 걸음이 안 떨어져서 그래. 그 사람들 오기 전에 택시 타고 가."

점원이 팔을 내밀어 택시를 잡았다. 점원은 마치 친척 아이를 보내는 듯 택시기사에게 잘 부탁한다는 인사를 했다. 현서는 뒷좌석에 타서 아이의 손을 꼭 잡고 시큰거리는 코를 훌쩍였다. 부탁한다는 말의 다정함이 새삼 놀라웠다. 다정함이 있는 곳으로 왔다는 게 아직 잘 믿기지 않았다. 현서는 유나에게 갈까 잠시 고민하다가 삼림 익스프레스 앞으로 가자고 했다. 유나와 윤영석이 이것저것 따져 묻다가 아이를 보육원으로 데리고 갈 것같았다. 현서는 아이와 떨어지고 싶지 않았다. 아이는 마음이 아픈 채로 살지 않았으면 했다. 우선 아이를 보듬으며 완전히 보호해주고 싶었다.

신호에 걸리자 택시기사가 현서와 아이를 돌아봤다. 현서는 거뭇한 기름이 묻은 교복 치마를 손으로 가렸다. 아이가 불안한 기색으로 뒤를 돌아보다가 티셔츠 자락을 만지작거렸다. 방파제의 그 아이와 같은 티셔츠인 게 마음에 걸렸다. 아이 무릎에 묻은 기름을 닦아주려고 하자 아이가 소스라치게 놀라며 옆으로 피했다. 현서는 피딱지가 앉은 아이의 발뒤꿈치를 물끄러미 바라보다가 쌓여 있는 쓰레기 더미에 불을 지르는 모습을 상상했다. 고약한 검은 연기를 내뿜으며 플라스틱과 비닐, 종이가 타올랐다. 불길이 드럼통으로 번지고 컨테이너가 불길에 휩싸여 찌그러졌다. 컨테이너 안의 컴퓨터 본체와 모니터, CCTV가 펑펑 소리를 내며 터졌다. 구멍이 막히지만 않는다면……. 현서가 저도 모르게 중얼거렸다. 아이가 겁먹은 얼굴로 현서의 손을 잡았다.

8
최대 풍속 초속 47미터

　진철은 현서 옆에 있는 비쩍 마른 여자애를 보고 누구를 데려온 거냐고, 머리가 어떻게 된 거 아니냐고 소리칠 뻔했다. 택시에서 내려 집으로 올라가는 모습을 몰래 지켜보다 치솟아오르는 화를 겨우 내리눌렀다. 현서가 일부러 그러는 게 분명했다. 그렇지 않으면 경찰서에 웅크리고 있었던 때의 현서와 똑같은 모습의 아이를 왜 데리고 왔겠는가? 뭘 했는지 구겨진 교복에 흙이 묻어 있었다. 선생이라는 여자가 부추긴 걸까? 현서는 아이를 데리고 들어가면서 보란 듯 대문을 닫지 않았다.

　양말을 뒤집어 벗어놓지 마라, 운동화 뒤축을 구겨신지 마라, 교복 치마가 무릎 아래로 내려오도록 입어라와 같은 말을 하고 싶어도 늘 참았다. 참고 참다가 정말로 참을 수 없는 단 하나만 말했는데 어떻게 그걸 늘 보란 듯 무시할 수 있는지 그 속을 알 수 없었다. 수능을 볼 때까지만 참아줄 생각이었다. 이젠 현서를 어떻게 해야 하는지 도무지 계획이 서지 않았다. 부모가 먹이고 입혀주는 걸 고맙게 여기진 못할망정 부족하다고 원망하고 무시하는 태도는 견디기 어려웠다.

이삿짐센터 소파에 앉아 있으면 배관을 통해 위층의 물이 내려가는 소리가 들렸다. 현서와 현희는 학교에 가고 아이는 밖으로 나오지 않았다. 현서와 현희가 없는 집에서 물이 흘러내렸다. 부동산을 하는 최 사장이 찾아와 트럭이 있으니 이삿짐센터를 접고 택배기사를 해보라고 권했다. 형님, 마지막 기회예요. 옆 동네 아파트 분양권 사라고 해도 안 듣더니 지금 그 아파트가 얼만 줄 아세요? 이 집 팔고 물류센터 인수하세요. 택배 대란에 물류센터가 부족해서 난립니다. 지금 좋은 땅이 나왔어요. 상가보다 안정적이고 월세가 쏠쏠해요. 같이 가보시죠. 최 사장은 입가에 거품이 인 침을 묻혀가며 말을 쏟아냈다.

"택배기사하면 얼마나 버나?"

진철은 최 사장이 빨리 가버리길 바라는 마음으로 대충 물었다. 최 사장이 월 삼백은 번다던데요 하고는 택배기사는 일이 힘들다고 물류센터 세울 땅을 보러 가자고 재촉했다. 진철은 흘러내리는 땀을 연신 닦으면서 끈덕지게 소파에 붙어 앉아 있는 최 사장이 지긋지긋했다. 이 층에서 아이가 혼자 뭘 하는지 궁금했고 애들이 없을 때 올라가 쫓아내야 하는지, 아니면 그냥 두고봐야 하는지 결정하지 못해 머리가 아팠다. 희미하게 멀어졌던 최 사장의 목소리가 태산개발을 운운할 때부터 다시 귀에 들어왔다.

"태산개발이 어쨌다고?"

"태산개발에서 땅을 내놨다고요. 벌써 세 군데나 매물로 나왔습니다. 소유주 이름이 달라도 태산개발에서 내놓은 거 알 만한 사람은 다 알죠. 김기운이 수완이 좋아요. 형님도 태산개발 대표 아시죠? 도로가 날 만한 땅만 골라서 샀어요. 그 땅들이 다 도로를 물고 있어서 세 배쯤 올랐을 거예요. 경찰 조사를 받았다는 얘기가 있던데 뭔가 있긴 있나봐요."

"경찰에서 김기운이를 잡아갔다고?"

최 사장은 진철이 관심을 보이자 얘기하면 안 되는데, 하고 뜸을 들였다. 진철이 언짢은 기색을 보이자 괜히 주위를 두리번거리고는 목소리를 낮춰 말했다.

"태산개발에 아는 직원이 있어서 들은 얘긴데, 경찰에서 태산개발이 소유하고 있는 배를 샅샅이 조사하고 갔답니다. 불법으로 사람 돌려서 번 돈으로 땅 사고, 배 사들였지 않았습니까. 나라에서 세금을 제대로 걷으려고 한다더니, 태산개발도 걸린 거죠. 선주 이름을 여럿으로 돌려놨는데 실소유자가 누군지 다 알아냈답니다. 지금 말한 땅이 태산에서 나온 거예요. 빨리 팔아치우려는지 시세보다 싸요. 사차선 도로 물고 있는 땅이라 물류센터를 세우기만 하면 뭐 백 프로 수익이지요. 혼자 사는 게 아니라 다섯 명이 나눠서 사는 거예요. 형님, 이건 진짜 기회라고요."

"선장은? 경찰이 선장도 조사했나?"

"선장이요? 선장이 배를 가지고 있는 것도 아닌데 선장을 조사했겠습니까? 선장이 한둘도 아니고……. 선장은 왜요?"

"그래서 선장을 조사했는지는 모른다고?"

진철이 화를 내며 목소리를 높였다.

"아니, 선장이 무슨 상관이라고……."

최 사장은 기분이 상한 걸 감추지 않고 스트랩에 달아 목걸이처럼 걸고 있었던 마스크를 꼈다.

"땅 보러 안 갈 거면 일어나겠습니다. 아이고, 쪄죽겠습니다."

진철이 대꾸 없이 생각에 잠겨 있자 최 사장이 이삿짐센터의 문을 열어놓고 갔다. 진철은 바깥의 뜨거운 공기가 들어오기 전에 문을 닫아야지 생각했지만 축 늘어진 몸이 움직여지지 않았다. 김기운이 배를 많이 가지고 있다고 말을 경찰에 흘리기는 했지만 경찰이 배를 조사했다는 얘기를 들으니 긴장감에 목뒤가 뻣뻣해졌다.

허위 진술을 하라고 민석이 찾아오지 않았다면 몰랐을까, 진철은 김기운이 방파제의 그 아이를 죽였다는 생각을 떨칠 수 없었다. 사람은 잘 변하지 않는다. 아무리 사람 좋은 척 포장해도 김기운은 김기운이었다. 현서가 겁에 질리고 주눅이 들어 고개를 들지 못하고 떨고 있었던 모습만 떠올리면 그때 김기운을 어떻게 하지 못한 것에 대한 화가 치밀어올랐다.

김기운을 조사하라고 말을 흘려도 움직이지 않던 경찰이 이제야 엉뚱한 사람을 잡아들인 걸 알아차린 것 같았다. 낚싯배가 바다에서 그 아이를 건졌다는 뉴스를 보자마자 그 아이는 배에서 죽었을 거라는 짐작이 머릿속에 떠다녔다. 시체를 섬에다 유기하지 않고 바다에 버린 이유만 안다면 김기운이 범인이라는 걸 증명할 수 있을 것 같았다.

진철이 어렸을 때는 종종 흔적도 없이 사라져버리는 아이들이 있었다. 오랜 시간이 흘러도 아이들의 시체조차 발견되지 않았다. 여자들은 아이들보다 좀 더 자주 사라졌다. 언젠가 이웃 학교의 여자아이가 홀연히 사라져버렸을 때 동네 어른들이 슈퍼에 모여 수군거리는 소리를 들었다. 배에 실어 팔아먹다가 섬에 내다버리면 찾지 못한다는 얘기였다. 바다는 시체를 뭍으로 실어오지만 섬은 아니었다. 배로 한두 시간만 가면 사람의 발길이 닿지 않는 돌섬이 널려 있었다. 모래를 실어다가 묻어버리면 그만이라고, 한국전쟁 때에는 포로수용소에서 풀려난 공산 포로들을 북으로 데려간다고 속이고 배에 실어서 섬에 버리고 왔다는 소문이 있었다고 목소리를 낮췄다.

진철은 포로라든가, 시체라든가 하는 얘기를 잊을 수 없었다. 1993년 포로수용소 유적관이 세워지고 난 후에는 그런 얘기의 절반쯤이 진실일 거라고 생각하게 됐다. 전시관 안에는 거제도로 잡혀온 전쟁 포로들이 포로수용소 안에서도 공산 포로와 반공 포로로 나뉘어 대립했고, 인민재판을 해 반공 포로가 백여 명 넘게 죽었다고 요약한 안내판이 달려 있었다. 휴전 협정 후 포로 반환이 시작됐는데 십삼만 명 중에 팔만여 명이 북한으로 돌아갔다고 했다.

팔만여 명이라는 어마어마한 숫자 앞에서 진철은 의심을 품을 수밖에 없었다. 팔만여 명이 모두 무사히 북한으로 돌아갔을까? 공산 포로가 반공 포로를 죽였는데? 포로가 반환되며 흩어지는 혼란한 틈에 공산 포로에게 앙심을 품고 복수한 이가 없었을까? 눈앞에서 친구가, 가족이 죽는 것을 본 사람들이 제정신이었을까? 복수를 하지 않고 견딜 수 있었을까? 진실은 안내판 같은 데에는 적히지 않는 법이었다.

역사의 현장이나 사건 현장에 있었다 해도 진실을 전부 알 수는 없었다. 진짜 끔찍한 일은 말조차 남지 않았다. 현서에게 일어났던 일을 감췄던 것처럼 살아가기 위해서는 드러내는 것보다 감춰야 할 일이 더 많았다.

경찰이 선장을 조사했다면 곧 김기운이 진짜 범인이라는 걸 찾아낼 수 있을지 몰랐다. 김기운이 땅을 내놨다는 건 그만큼 위협을 느꼈다는 얘기였다. 김기운은 경찰에게 뭐라고 했을까? 능구렁이처럼 웃으며 무슨 말인지 모르겠다고 하겠지. 그때도 그랬다.

"저는 때린 적 없습니다. 무슨 말을 하는지 모르겠습니다. 저는 집에서 잠만 잤어요. 일 때문에 새벽에 나가서 밤늦게 들어옵니다. 애들 얼굴 볼 시간도 없었습니다."

이런 일에 휘말린 게 짜증 난다는 듯 답답해했고 억울하다는 표정을 지었다. 그 조그만 남자애, 김기운을 꼭 닮은 그애가 김기운이 때렸다고 줄곧 말하지 않았다면 현서 엄마의 사촌이 다 뒤집어쓸 뻔했다. 현서는 겁에 질려 거의 아무 말도 하지 않았다. 서랍 모서리에 부딪혀 멍이 들었다고만 했다. 경찰이 부딪혀서 날 수 없는 멍이라고 설득해도 턱만 덜덜 떨고 있을 뿐 끝까지 입을 꾹 닫았다.

김기운이 처벌을 받는다면, 현서가 오해를 풀고 어렸을 때처럼 조잘조잘 얘기하게 될까? 천진한 얼굴로 아빠, 있잖아 하고 귀에 대고 별것 아닌 비밀을 속삭여줄까? 경찰에게 김기운이 현서를 학대했다고 똑똑히 말했다. 배를 조사해보라고 말을 흘리지 않았다면 경찰은 아직 아무런 의미가 없는 산을 헤집고 다니고 있을지 몰랐다. 김기운이 범인으로 잡혔다는 뉴스를 보며 자연스럽게, 조금 쑥쓰러운 듯 현서에게 이제 네가 원하는 대로 김기운이 벌을 받을 거다, 하고 말하는 모습을 떠올리자 절로 웃음이 새어나왔다. 현서가 아이를 어디에서 데려왔는지는 몰라도 일단 지켜봐야겠다고 생각했다. 어차피 현서는 자기를 위해 애쓰고 있는 부모다운 부모의 모습을 알게 될 테니까. 제멋대로 굴며 부모를 원망한 걸 뉘우치게 될 터였다.

태풍이 지나가고 더위가 가실 줄 알았더니 습도 높은 무더위가 계속되었다. 진철은 등받이와 시트가 아래로 꺼져 팔걸이를 잡아야만 일어날 수 있는 소파에서 몸을 일으켰다. 문을 닫으려다가 이삿짐센터 밖으로 나가 일 층 대문이 닫혀 있는지 살펴보았다. 애들이 나가고 나면 늘 문단속을 했지만 그래도 안심이되지 않았다. 습관처럼 골목을 둘러보다가 이삿짐센터 맞은편에 주차되어 있는 검은색 제네시스를 보았다. 제네시스의 시동이 켜져 있었다. 올 여름 동안 이 골목에 한 번도 주차된 적 없는 차였다. 이 부근에 사는 누구의 차도 아니었다. 도대체 언제부터 차를 대놓고 있었는지, 왜 그걸 몰랐는지 분통이 터졌다. 시동이 꺼지고 민석이 차에서 내렸다. 민석은 주변의 차를 둘러보더니 뒷좌석 문을 열어 길쭉한 선물상자를 꺼냈다. 포장이 되지 않은 누런색 종이상자에 어울리지 않는 붉은색 리본이 달려있었다. 와인 상자라고 하기엔 길었고 골프채라고 하기엔 짧았다. 민석이 차 뒷문을 닫지 않고 고갯짓으로 진철을 불렀다.

"또 왜?"

진철은 혼잣말처럼 중얼거리면서 하늘을 올려다봤다. 불안감이 엄습했다. 새파란 하늘에 솜을 뭉쳐놓은 것 같은 구름이 떠다니고 있었다. 구름으로 생긴 그림자가 지나가며 잠깐 그늘이 졌다가 눈이 아플 정도로 쨍한 빛이 쏟아져내렸다. 빛과 그림자가 명확히 구분되는 해가 강한 맑은 날이 어딘가 불길했다. 숨기고자 하는 모든 것이 낱낱이 드러날 것만 같았다.

민석은 진철이 꼼짝하지 않고 있자 위협하듯 선물상자로 열어놓은 차문을 두드렸다. 차에 태워 어디로 가려는 건 아니겠지? 진철은 소리를 지르면 구해줄 누군가 있을까 골목을 둘러봤다. 떡집 할머니는 졸고 있을 테고 부동산 최 사장은 자리를 지키고 있을 리 없었다. 민석이 한 번 더 거세게 뒷문을 두드리고 나서야 진철은 차 쪽으로 어기적어기적 걸어갔다. 진철이 다가오자 민석이 뒷좌석을 가리켰다. 진철은 엉거주춤한 자세로 뒷좌석을 들여다보았다. 낯익은 백팩이 차 안에 놓여 있었다. 현서의 가방이었다. 진철이 민석을 올려다보자 민석이 "들고 들어가시죠" 하고 말했다. 진철이 가방을 꺼내자 민석이 그제야 차문을 닫았다. 그러곤 턱을 들어 이삿짐센터를 가리켰다.

주머니 하나가 밖으로 달려 있는 현서의 검은색 백팩엔 미끈한 기름이 묻어 있었다. 머리가 잘 돌아가지 않았다. 현서가 아이를 어디서 데려온 거지? 설마 김기운을 찾아갔나? 백팩을 든 손이 떨렸다. 진철이 서성이는 동안 문을 닫고 들어온 민석이 사무실 안을 훑어보더니 제가 주인인 것처럼 진철의 자리에 앉아 소파 테이블 위에 선물상자를 내려놓았다. 민석의 구두는 여전히 반들거렸고 손목에 찬 묵직한 시계에선 광이 났다. 진철의 입이 바싹바싹 말랐다.

"현서가 고3이죠? 공부를 제법 하나봅니다."

민석이 사무실 벽에 걸려 있는 오래된 상장들을 올려다보며 말했다. 진철은 태연한 척 노력하며 손님용 소파에 앉았다.

"자네 딸 이름이 은지였지?"

민석이 눈을 치켜떴다.

"별걸 다 알아보셨군요. 하긴, 좁은 동네니까요."

"여긴 또 왜 왔지?"

"대표님이 이걸 전하라고 하셨습니다. 애는 데리고 있어달라고 부탁하셨습니다."

"애라니?"

"다 알고 왔습니다. 대표님은 형님께 고마웠던 마음을 잊지 않고 계십니다. 십이 년 전처럼 이번에도 애써달라고 하셨습니다. 그때 형님이 현서를 잘 다독이셨다면서요?"

"협박하러 온 건가?"

"선물을 열어보면 알 거라고 하셨습니다. 그럼 가보겠습니다."

"간다고?"

진철의 목소리 끝이 갈라졌다. 민석은 할 일을 끝내 홀가분한 듯 소파에서 일어났다. 윤이 나는 민석의 구두가 몇 번 움직이더니 시야에서 사라졌다. 진철은 민석의 뒷모습과 소파 테이블 위에 놓인 선물상자를 번갈아 보았다. 상자의 모서리가 유난히 날카롭게 느껴져 자꾸 식은땀이 났다.

저녁이 되어 애들이 들어오는 발자국 소리가 들렸다. 진철은 손님용 소파에 꼼짝 않고 앉아 상자를 노려보았다. 김기운이 진짜 선물을 보냈을 리 없었다. 피치 못하게 써야 할 일이 아니면 제 주머니에서 백 원짜리 동전 하나 꺼내지 않는 인간이었다. 빼앗으면 빼앗았지, 남을 위해 돈 쓰는 일은 절대로 하지 않았다. 그렇다면 뭘까? 상자를 들고 경찰서로 가자니 어딘가 찝찜했다. 김기운이 함정을 파놓았을 것만 같았다.

현서가 지내던 지하방의 윗집 할머니를 찾아갔다가 허탕을 친 날, 경찰이 와 그 방에 있었던 다른 아이에 대해 물었다. 김기운의 아들은 김기운이 그 아이를 죽였다고 말했다. 진철은 모르는 일이라고 대답했다. 그런 아이가 그 방에 있었을 리 없다고, 현서는 아주 어렸을 때부터 헬렌이라는 인형을 가지고 놀았다고 말했다. 같이 있었던 아이가 죽었다는 게 밝혀진다면 고작 일곱 살이었던 현서는 어땠을까? 아이가 감당할 수 없는 종류의 일이었다. 말조차 남기지 않아야 아이가 살아갈 수 있을 것 같았다. 김기운이 끔찍한 짓을 했다는 걸 알았지만 현서를 위해 그 일을 덮을 수밖에 없었다.

　현서에겐 누구에게든 헬렌이라는 아이에 대해서 절대로 말하지 말라고 했다. 약을 타서 먹였다. 몸이 축 늘어지고 계속 졸음이 오는 약이었다. 처음엔 조금 멍해 보였지만 현서는 점점 나아졌다. 그때나 지금이나 김기운은 진철이 짐작도 할 수 없는 세계의 사람들을 알고 지냈다. 경찰에게 진실을 말했더라도 아이의 시체가 나타나지 않는 이상 김기운은 아무 해도 입지 않고 빠져나왔을 것이다. 조선소에서는 시체가 눈앞에 있어도 그 죽음에 책임을 지고 벌을 받는 사람이 없었다. 이 섬은 그런 곳이었다. 헬렌이라는 아이의 몸은 아직까지 나타나지 않았다.

　머릿속으로는 김기운이 보낸 상자를 수백 번도 더 열어보았다. 상자를 열어 안을 확인하도록 하는 게 김기운의 의도인지, 아니면 상자째 그대로 버리도록 하는 게 김기운의 의도인지 알 수 없었다. 상자를 조심스럽게 흔들어보았다. 딱딱한 것이 상자에 부딪히는 소리가 났다. 칼을 보냈을까? 진철은 상자를 들고 문 앞까지 갔다가 되돌아왔다. 상자에 폭탄이 들어 있다면? 상자를 여는 순간 이 집이 날아간다면? 상상만으로도 손에 땀이 뱄다.

　현서에게 물어볼까 고개를 들었다가 이내 다시 상자를 노려보았다. 현서가 사실대로 말할 리 없었다. 김기운은 왜 아이를 데려가지 않지? 아이가 필요 없어졌나? 아니면 아이를 데리고 있는 것이 위험한 일이라거나……. 만약 김기운이 오래전부터 아이들을 데리고 나쁜 짓을 했다면 현서가 데리고 온 아이가 증거였다. 그런데 아이의 말이 신빙성이 있나? 경찰에서 아이의 말을 믿을까?

새끼손톱만 한 구멍을 내서 상자 속을 들여다본다면 그건 상자를 열어본 것이나 다름없었다. 상자 안에 무엇이 있는지 알고 나면 그 전으로 되돌릴 수 없다. 지금껏 모르는 척, 보지 않은 척했지만 이미 겪은 일을 그렇지 않은 것으로 만들 수 없었다. 작은 인과들로 이어진 일의 결과로 현서가 달라졌고 진철은 예전의 현서를 되찾지 못했다. 현서가 김기운에게 맡겨지기 전으로 돌아가게 할 수 없었다. 후회하고 후회해도 현서와 관계된 일은 풀리지 않는 실타래처럼 단단히 얽혀 다시금 눈앞에 나타났다.

현서의 가방을 열었다. 필통, 플래너, 학생증, 수능 기출 문제집과 전원이 꺼진 핸드폰이 들어 있었다. 액정이 깨진 핸드폰을 보자 화가 치밀었다. 어떻게 이렇게 물건을 소중하게 다룰 줄 모르는지, 무슨 짓을 하든 자기는 위험하지 않을 거라고 생각하는 건지, 어떻게 핸드폰이 없는 채로 다닐 수 있는지 울화가 차올라 속이 터져버릴 것만 같았다. 전원을 켜려고 눌렀다가 핸드폰을 바닥으로 집어던졌다. 민석을 보낸 것으로도 모자라 상자를 주고 괴롭히는 김기운을 참고 있기가 힘들었다. 이까짓 상자

하나 열어보지 못하고 벌벌 떨 줄 알았나? 그렇다면 한참 잘못 짚은 거다! 이미 일은 꼬일 대로 꼬였고 상자를 열든, 열지 않든 일은 돌이킬 수 없는 방향으로 흘러갈 터였다. 간명하고 유일한 진리는 바로 그것이었다. 일이 잘못되고 있다는 것, 무슨 짓을 해도 잘못될 거라는 것!

모서리를 셀로판테이프로 봉해놓아 손을 집어넣을 틈이 없었다. 마음 같아서는 어디든 잡아 뜯어버리고 싶었지만 상자의 형태만 어그러질 뿐이었다. 상자에 묶여 있던 공단 리본을 힘으로 떼어내느라 손바닥이 화끈거렸다. 칼을 찾으려고 서랍을 마구잡이로 뒤집는 동안 온몸이 열기로 가득 차 터져버릴 것만 같았다. 참을 수 없을 만큼 더웠고 온몸에 땀이 줄줄 흘러내렸다. 손톱으로 테이프를 벗겨내다가 상자를 집어던졌다. 상자에서는 아무 일도 벌어지지 않았다. 터지지도 않았고, 날카로운 것이 튀어나오지도 않았다. 상자는 여러 개의 골판지를 붙여 만든 종이일 뿐인데 한낱 상자조차 마음먹은 대로 열리지 않았다. 상자를 발로 밟았다. 상자는 밟는 대로 찌그러졌다. 어쩌면 아무것도 없는 빈 상자를 보냈을지도 모른다는 생각을 했을 때, 상자가 완전히 어그러지며 돌기가 있는 길쭉한 철근이 튀어나왔다.

예상치 못한 물건의 등장에 진철은 홀린 듯 철근을 상자에서 빼냈다. 군데군데 녹이 슬어 있는 점을 빼면 공사현장에서 흔하게 볼 수 있는 평범한 모양의 철근이었다. 어쩐지 기분이 좋지 않았다. 철근을 싣고 가는 트럭이 앞에 있으면 무조건 차선을 옮겨 피했다. 앞서가던 트럭에 실린 철근이 뒤 차를 뚫고 들어와 운전자가 그 자리에서 죽었다는 뉴스를 본 뒤로 그랬다. 손바닥에 녹이 묻어나왔다. 손바닥에서 비릿한 냄새가 났다. 끈적끈적한 검붉은 자국은 바지에 문질러도 지워지지 않았다. 철근을 잡은 손이 주체할 수 없을 만큼 떨렸다. 경찰서에서 데려온 현서의 몸에 굵은 회초리로 맞은 것 같은 멍이 군데군데 있었다. 파리채로 때렸다는 그 여자의 말을 믿을 수 없었지만 그 집에는 파리채 말고는 길쭉한 것이 없었다. 이제야 김기운이 무엇을 휘둘렀는지 알게 되었다. 철근으로 무엇을 했을지 눈앞에 그려졌다. 녹이 슨 철근에 꼭 피가 맺혀 있는 것 같았다. 뉴스에서 방파제에서 발견된 아이의 몸에 돌기 모양이 있는 긴 멍자국이 남아 있다고 했다. 현서의 몸에 있던 멍자국과 같았다. 누군가 심장을 움켜쥐고 흔들어대는 것만 같았다. 하필이면 왜? 도대체 왜? 상자를 열지 말았어야 했다.

손을 물티슈로 박박 닦아낸 뒤 상자를 집어들었다. 땀방울이 상자 위로 떨어져내렸다. 심장이 뛰는 게 목구멍에서 느껴졌다. 휴지로 끝부분을 감싸쥐고 철근을 다시 상자에 넣었다. 상자를 어디 숨겨야 하나 두리번거리다 벽에 쌓아놓았던 플라스틱 바구니를 앞으로 빼고 그 뒤에 놓았다. 그러곤 마음이 놓이지 않아 소파 밑에 두었다가 책상 아래에 갖다놓았다. 옴짝달싹할 수 없는 함정에 빠져버린 게 언제부터였을까? 처음 민석이 찾아왔을 때부터 김기운은 이렇게 할 것을 계획하고 있었을까? 김 소장의 아들은 다음 차례의 범인을 위한 미끼일 뿐이었다! 진철은 창백한 얼굴로 고개를 흔들었다. 김기운의 계획대로 범인이 되어줄 순 없었다. 지금이라도 현서한테 무슨 일이 있었는지 알아낸 뒤 철근을 들고 경찰서로 간다면, 일을 바로잡을 수 있을지도 몰랐다.

후들거리는 다리로 일어나 문을 열었다. 굵은 빗방울이 섞인 거센 바람이 불었다. 주차된 차들이 전부 처음 보는 것처럼 낯설었고 누군가 몰래 자신을 지켜보고 있는 것만 같았다. 사무실을 비우는 게 내키지 않았다. 잠깐 사이 철근이 없어지기라도 한다면? 그럴 가능성이 없다고 장담할 수 없었다. 우선 철근을 손으로 만진 흔적을 없애야 했다.

책상 아래에서 상자를 꺼냈다. 소파 테이블 위에 손소독제가 있었다. 살균력 99.99%. 에탄올 62%, 정제수, 카보머, 부틸렌글라이콜, 글리세린, 소듐하이알루로네이트, 시트로넬올. 눈에 들어오지 않는 성분표를 읽어보려 애쓰다가 철근을 테이블 위에 놓았다. 절단면이 비스듬하게 잘린 윗부분부터 소독제를 뿌렸다. 바이러스를 죽이니 지문도 없애줄 것이었다. 에탄올 냄새가 코를 찔렀다. 뚜껑을 열어 철근 위로 쏟아부었다. 전체를 소독하는 데에는 소독제의 양이 부족했다. 젤형 소독제를 꺼내 휴지에 묻혀 철근을 닦았다. 붉은 것이 묻어나오자 눈앞이 아찔해졌다. 붉은 녹이 묻어난 휴지를 화장실 변기에 넣고 물을 내렸다. 완전히 기진맥진한 상태로 철근을 상자에 집어넣었다. 진철의 손이 심하게 떨렸다. 철근은 두 번 다시 꺼내보고 싶지 않았다.

범인이 되지 않으려면 현서가 데려온 애를 김기운에게 보내야 했다. 애가 그대로 집에 있으면 모든 걸 뒤집어쓰겠지. 일어나 집으로 올라가려다가 다시 앉았다. 사무실을 비우지 않으려면 그애를 데리고 내려오라고 하는 게 나았다. 몇 번이나 번호를 잘못 누른 끝에 진철은 현희에게 겨우 전화를 걸었다.

"현서 내려오라고 해라."

"아빠, 우리 밥 먹고 있어요."

"지금 당장 내려와."

현희가 대답을 하지 않았다.

"당장 오라고!"

전화가 일방적으로 뚝 끊겼다. 온몸에서 불덩이가 날뛰었다. 참고, 참고, 또 참아주었더니 무엇 하나 원하는 대로 해주지 않았다. 누구 때문에 온갖 희생을 감내하고 있는데 잠깐 내려오는 게 뭐 어려운 일이라고! 무슨 정신으로 올라갔는지도 모르게 현관문의 비밀번호를 누르고 있었다. 한 번, 두 번, 세 번이나 실패하고 나서도 애들이 비밀번호를 바꾸었다고는 생각하지 못했다. 다섯 번째가 되어서야 바보짓을 하고 있다는 걸 깨달았다. 눈에서 불꽃이 튀었다. 문을 열라고 소리를 치는 데에도 안에서 대꾸가 없었다. 문을 발로 차고 두드리다 화분을 들어 도어록을 내리쳤다. 화분이 깨지며 흙이 발 아래로 쏟아졌다. 도어록이 열리는 소리가 들렸다. 낯이 창백하게 질린 현서가 현관 앞에 서 있었다. 아이가 미꾸라지처럼 방 안으로 들어가는 게 보였다. 누구야? 어디서 데리고 왔어? 진철이 소리치자 현서가 방문을 막았다.

"말 안 해? 어디서 데리고 왔냐고!"

현서가 고집스럽게 입을 꾹 다물고 있었다. 현서를 마주하고 서자 진철은 근육이 딱딱하게 굳으며 온몸이 차갑게 식었다. 현서는 겁에 질려 턱을 덜덜 떨면서도 진철의 앞을 막았다. 헐떡이며 숨을 쉬지 못하면서도 진철의 눈을 똑바로 노려보며 지지 않았다. 현서가 숨을 가쁘게 몰아쉬기 시작했다. 지하방에 있었던 때를 잊지 않았다는 신호였고 진철은 현서가 숨이 넘어갈 듯한 소리로 자신을 고문하는 것 같았다.

"숨 똑바로 쉬어."

진철이 말하자 현서가 고통스러운 표정으로 밭은 숨을 내뱉었다. 현희가 울음을 터뜨리며 진철의 팔에 매달렸다. 비키라고 팔을 휘둘렀더니 현희가 넘어지며 소리를 질렀다. 물속에 들어가 있는 것처럼 귀가 먹먹했다. 현서가 진철을 밀었다. 현서가 비웃고 있었다. 웃어? 진철이 믿을 수 없다는 표정으로 현서를 바라보자 현서가 가쁜 숨을 몰아쉬며 소리쳤다. 우리를 함부로 대할 자격이 없다고? 자격이라니, 누가 누구를 가르치려드는 건지 도무지 믿을 수 없었다. 더 늦기 전에 버릇을 바로잡아야 했고 똑똑히 가르쳐줄 필요가 있었다. 세상에서 따라야 할 단 하나가 있다면 그건 바로 부모의 말이라고, 부모의 말을 듣지 않으면 일이 손쓸 수 없을 정도로 잘못되고 만다는 걸 알려줘야 했다. 얼굴을 살짝 친 것뿐인데 현서가 연기를 하듯 바닥으로 나가떨어졌다. 숨이 끊어질 듯 숨소리가 거칠어졌다. 수십 번, 아니 수백 번 현서가 숨을 제대로 쉬지 못해 가슴이 내려앉았지만 진짜 숨을 못 쉰 적은 없었다. 늘 속아줬지만 이번에는 그럴 수 없었다.

"어디서 데리고 왔어? 당장 말 안 해!"

바닥에 엎드려 숨만 헐떡거릴 뿐 현서는 기어코 말을 하지 않았다. 방으로 들어가 아이를 끌어내려고 하자 다리를 붙잡고 놓아주지 않았다.

"선생이란 그 여자가 김기운 그 새끼를 만나라고 한 거지? 그렇지?"

현서가 다급하게 아니라고 울부짖었다. 아빠, 제발요, 하는 울음 섞인 목소리가 끔찍했다. 맞고서도 울지 않더니 선생 얘기에 울었다. 지금 누구 때문에 이 지경이 됐는데, 엉뚱한 다른 사람을 위하고 있는 게 도무지 이해가 가지 않았다. 성가시게 다리를 붙잡고 있는 몸을 걷어차고 방문 앞으로 갔다. 문이 잠겨 있었다. 현서가 또 다리를 붙잡아서 그만 좀 하라고 발로 찼다. 현희가 날카롭게 비명을 질렀다.

"언니! 숨 쉬어! 언니!"

현서가 옆으로 누워 웅크리고 있었다. 귀에서 삐- 하고 이명이 들렸다. 신경을 거스르며 헐떡대던 숨소리가 갑자기 들리지 않았다. 현희가 현서의 몸을 흔들며 진철을 바라보았다. 이유식을 달라고 매달릴 때, 놀이터에서 미끄럼틀 꼭대기까지 올라갔다가 내려달라고 팔을 뻗을 때 현서가 지었던 표정이 눈앞에 떠올랐다. 그 얼굴을 까맣게 잊고 살았다. 오롯이 믿고 따르니 나의 전부를 맡겨요. 사랑하고 돌봐주세요. 그런 표정의 현서를 품에 안을 때 온몸에 차오르던 충족감을 어디에서도 다시 느낄수 없었다. 그런 순간들 때문에 여기까지 오게 된 걸까? 일찍 벗어났더라면 좋았을 텐데, 책임감 따위는 홀홀 털어버리고 어디론가 떠나버렸다면 좋았을 텐데.

현서는 창백한 얼굴로 아무런 표정 없이, 단 한 번의 숨소리 없이 그저 바닥에 누워 있었다. 현희가 현서의 몸을 흔들어대며 언니, 언니! 하고 불렀다. 어떻게 좀 해보라고 현희가 소리를 질렀다. 전화로 구급차를 부르는 소리가 아주 먼 곳에서 들려왔다. 일이 어쩌다 이렇게 됐지? 방호복을 입은 사람들이 이 집에 들이닥치게 될까? 오래된 창이 바람에 흔들리며 덜컹거렸다. 진철이 신발을 신고 현관문을 열고 나가자 현희가 아빠! 하고 부르며 울었다. 이런 순간까지 아빠라고 부르는 자식이라는 존재의 비정함 때문에 온 세상이 빙글 돌았다. 돌아가서 입을 틀어막아버리고 싶었다. 이런 무게를 짊어져야 할 이유가 없다고, 그만 좀 내버려두라고 귀에 대고 고함을 치고 싶었다.

일 층으로 내려가는 계단에서 바깥으로 활짝 열린 대문을 보았다. 진철은 대문이 열려 있다는 것을 믿을 수 없었다. 누군가 수작을 부리고 있는 것 같았다. 어디선가 지켜보며 진철이 정신을 똑바로 차리지 못하게 수를 쓰고 있었다. 거센 바람에 밀린 문이 문틀에 부딪혔다가 다시 밖으로 튕겨나갔다. 머리카락이 마구잡이로 흩날렸다. 누굴까? 이런 일을 벌이는 사람은?

대문 앞에 김기운의 얼굴이 나타났다가 사라졌다. 어두웠지만 똑똑히 알아볼 수 있었다. 김기운은 사람을 깔보는 표정으로 웃고 있었다. 손이라도 잘못 대면 상처투성이 현서가 바스러질까봐 피눈물을 삼키고 있는데 아무렇지 않은 얼굴로 나타나서 똑같이 웃었다. 어깨를 툭툭 치면서, 별일 아닌 장난이었다는 듯이 웃었다. 어딘가 부러진 것도 아니고, 멍이 든 정도의 일로 왜 그러느냐고 진철을 유약하고 예민한 사람으로 내몰았다. 아이를 남의 손에 맡기고 있었던 것도, 현서 엄마를 붙잡아두지 못했던 것도, 몸을 다쳐 아이를 돌보지 못한 것도 네 탓이니 그 정도 감내하는 건 당연하다는 듯이 웃었다. 이삿짐센터로 들어가 상자를 꺼냈다. 철근을 꺼내 손에 쥐었다. 이따위 걸 보낸다고? 사람을 얼마나 우습게 봤으면!

철근을 손에 쥐고 차에 타서 전조등을 켰다. 쥐새끼처럼 숨어버린 그 자식을 찾아내야 했다. 수십 번, 아니 그것보다 더 많이 오가서 익숙해진 길을 따라 차를 몰았다. 멀리 가지 못했을 텐데 김기운의 모습이 도무지 보이지 않았다. 도롯가의 오래된 은행나무가 가지가 꺾일 듯 흔들렸다. 나뭇잎과 잔가지가 날아와 차창에 달라붙었다. 바람이 왜 이렇게 부는지 도통 알 수 없었다. 비바람에 고개를 숙이고 뛰어가는 사람들이 전부 그 자식처럼 보여 정신을 똑바로 차려야 했다. 콘크리트 담을 높게 두른 김기운의 집 앞에 다다르자 차 위로 부서진 스티로폼 박스가 날아왔다. 시야를 방해하기 위해 김기운이 한 짓이 분명했다.

차를 대문 앞에 대고 초인종을 눌렀다. 대문에 붙어 있는 보안 업체 표시와 CCTV 촬영 중이라는 문구를 철근으로 내리쳤다. 고급스러운 나무 문양을 붙여놓은 대문에 철근을 휘둘러 흠집을 냈다. 굵은 빗방울이 휘몰아쳐 눈을 뜨고 있기가 어려웠다.

"뭐야? 여기가 어디라고 와?"

인터폰으로 김기운의 목소리가 들리고 연이어 대문이 열렸다. 진철은 철근을 휘두르며 들어갔다. 잔디가 깔린 넓은 마당에 물웅덩이가 생겨 발을 디딜 때마다 질퍽거렸다. 담벼락 쪽의 풀은 허리 높이까지 오도록 제멋대로 솟아 있었다. 바람이 불 때마다 풀이 마구잡이로 휘날렸다. 흰색 직사각형 모양의 이층 건물에 불을 모두 켜놓아 눈이 부셨다. 현관문이 열렸다. 파자마 차림의 김기운이 밑창이 단단한 작업화를 신고 나왔다. 한 손에는 검은색 장우산을 들고 있었다. 진철은 담벼락 아래 잡초 사이에 앉아 몸을 숨겼다. 김기운은 진철이 숨어 있는 곳을 향해 똑바로 걸어왔다. 우산이 바람에 휘날렸지만 김기운은 손에서 우산을 놓지 않았다.

"선물이 마음에 들어서 찾아왔나?"

김기운이 이죽거렸다. 시끄러웠다. 머릿속이 팽팽 돌았다. 충분히 가깝지 않았지만 더 참을 수 없었다. 뛰어나가 김기운을 향해 철근을 휘둘렀다. 소리를 지르며 달려들었다. 김기운이 우산으로 가볍게 철근을 막았다. 어떻게 된 일인지 깨닫기도 전에 김기운에게 빼앗긴 철근이 진철에게로 날아왔다. 허리를 맞았다. 강한 통증에 하얀 빛이 눈앞에 튀었다. 그 여자, 선생이란 여자의 목소리가 들렸다. 부모라면 아이의 말에 귀 기울이셔야 합니다. 현서가 하는 말을 들으세요. 여자가 말을 멈추지 않았다. 아이의 트라우마는 부모에게서 시작됩니다. 왜 본인이 잘못되었다는 걸 인정하지 않으시죠?

그만, 그만 좀 하라고! 진철이 울부짖으며 김기운에게 달려들었다. 철근으로 머리를 맞고 목을 맞았다. 허우적거리며 물웅덩이에 넘어진 진철을 김기운이 작업화로 밟았다. 잔디와 흙탕물이 입안으로 들어왔다. 흙탕물에 코가 막혀 숨을 쉴 수 없었다. 김기운이 발로 밟은 머리를 놓아주지 않았다. 끅끅거리며 발버둥쳤다. 이대로 죽으면 현서가 나를 미워하지 않게 될까. 현서가 다시 숨을 쉬고, 살아나기만 한다면 어떻게 되더라도 상관이 없을 것 같았다. 몸을 늘어뜨리고 숨을 참으니 오히려 편했다. 세상이 고요해졌다. 흰빛으로 아득한 세계가 바로 근처에 있었다.

그때 김기운이 외마디 비명을 내질렀다. 번개가 치고 땅을 뒤흔드는 천둥 소리가 이어졌다. 머리를 밟고 있던 김기운의 작업화가 진철의 얼굴에 물을 튀기곤 사라졌다. 진철은 고개를 들어 숨을 몰아쉬었다. 코와 입으로 빗물이 들어가 기침이 몰려나왔다. 겨우 숨을 고르며 족장에서 나동그라졌던 때처럼 발끝을 움직여보았다. 다행히 감각이 있었다. 엎드린 자세로 윗몸을 일으켰다. 머리 위에서 급하게 몰아쉬는 숨소리가 들렸다. 위를 올려다봤다. 웬 남자애가 믿을 수 없다는 표정으로 서 있었다. 남자애의 손이 피로 흥건했다. 진철과 눈이 마주치자 손에서 칼을 떨어뜨렸다. 남자애의 시선이 향하는 곳, 진철이 머리를 박고 있었던 곳 바로 옆에 김기운이 고개를 박고 엎드려 있었다. 남자애가 공포에 질린 창백한 얼굴로 김기운의 몸을 조심스럽게 흔들며 "아빠?" 하고 불렀다. 김기운은 여전히 손에 철근을 쥐고 있었다.

바람이 휘몰아치며 다시 비가 쏟아졌다. 남자애는 김기운 옆에 꿇어 앉아 알 수 없는 소리를 중얼거리며 흐느끼고 있었다. 진철은 온 힘을 다해 몸을 일으켰다. 물웅덩이에 발이 빠져 소스라치게 놀랐다. 남자애가 김기운의 손에서 철근을 빼냈다. 그러곤 홀린 듯한 표정으로 철근을 돌려 보았다. 진철은 뒷걸음질쳐 대문을 빠져나왔다. 밖으로 나오자마자 차를 향해 뛰었다. 철근을 돌려보는 남자애의 표정이 눈앞에서 떨어지지 않았다. 급하게 엑셀을 밟다가 전봇대를 박을 뻔했다. 집으로 오면서 날아오는 비닐에, 전단지에 놀라 급브레이크를 여러 번 밟았다. 바람이 강하게 불어 차체가 흔들렸다. 김기운이 죽었을까? 물웅덩이가 시뻘겋게 변해 있었고 김기운은 남자애가 흔들어도 움직이지 않았다.

이삿짐센터가 있는 골목으로 들어오자 누군가 심장을 움켜쥐고 흔드는 듯 가슴이 아팠다. 집이 바로 앞에 있었다. 두려웠다. 숨이 막혀 꼼짝할 수 없었다. 식은땀을 흘리며 고통스럽게 웅크리고 있다가 겨우 고개를 들었다. 차 앞에 현희가 헤드라이트 불빛을 받고 서 있었다. 몸이 쇳덩이처럼 무거워 엑셀에서 발이 떨어지지 않았다. 이삿짐센터에 부딪힌 차가 뒤로 밀려날 때에도 진철은 가슴을 움켜쥐며 엑셀에서 발을 떼지 못했다.

9
남은 것과 남지 않은 것

우레탄 페인트로 도색을 새로 한 낚싯배 여섯 척에서 난간 아래의 목재 테두리 틈을 무작위로 파내어 국과수에 혈흔 분석을 보냈다. 지 형사는 차우리 경장과는 달리 증거가 될 만한 게 나올 리 없다고 생각했다. 자유호에서 채취한 목재 조각에서 피해자의 혈흔과 동일한 DNA가 발견되었다는 결과를 받았을 때에는 손만 대면 증거가 나오는 범죄 드라마 속에 있는 것 같은 기분이었다. 혈흔은 결정적 증거였고, 자유호의 선장은 올 것이 왔다는 태도로 순순히 범죄 사실을 자백했다.

시내 원룸에서 혼자 살고 있는 53세 선장 이 씨는 저녁 여덟 시 무렵 배를 대러 들어갔다가 방파제에 앉아 있는 아이를 만났고, 불쌍한 마음에 배에 태웠다고 했다. 아이는 신발을 신지 않은 맨발이었고 피부가 군데군데 붉게 부풀어올라 있었다. 컵라면을 먹이고 달래서 낚시꾼을 자주 데리고 가는 인적이 드문 돌섬에 배를 댔다. 이 씨는 아이가 그 일을 해줬다고 진술했다. 아이의 입안에 사정을 하는 바람에 소주를 한 병 마시고 곯아떨어졌다가 새벽이 다 되어서 일어났다. 주는 대로 술을 먹은 아이가 깨워도 일어나지 않아서 세게 흔들었더니 이 씨의 팔을 물었다. 손에 잡히는 걸 휘둘렀는데 애가 쓰러졌다. 머리에서 피가났다. 아이를 바다에 밀어넣고 아이의 머리를 쳤던 쇳덩어리도 바다에 던졌다. 도색을 해준다길래 제일 먼저 받았다. 배를 몇 번이나 살펴봤는데 난간 아래쪽은 생각하지 못했다. 이 씨는 이야기를 시작하고 나자 막힘없이 그날의 정황을 풀어놓았다.

김 형사는 김우재가 집에서 사용하는 IP로 디스코드에 자주 접속했다는 사실을 추적해냈다. IP 추적을 할 수 없는 '토르' 브라우저를 통해 다크웹에 접속한 기록도 김우재의 컴퓨터에 남아 있었다. n번방 회원을 추적했던 것처럼 국내 가상화폐 거래소에 수사 협조를 요청하고 여러 군데의 거래소에서 김우재의 계좌를 찾았다. 김우재의 계좌에는 오만 원에서부터 오십만 원에 달하는 각종 가상화폐를 수십 차례 받은 내역이 남아 있었다. 김우재는 증거를 내밀자 n번방이 뉴스에서 나오는 것을 보고 디스코드에 방을 만들어 돈을 벌었다고 털어놓았다. n번방 동영상이 있는 것처럼 꾸며 몇 개의 야동을 뿌리고 진짜를 주겠다고 돈을 받았다. 돈을 낸 사람들에게 토렌트를 통해 보낸 건

핑크퐁이나 뽀로로 같은 어린이 동영상이었다.

"사기를 당해도 어디 가서 말할 수 없거든요. 아무도 신고하지 않죠."

김우재가 이번에야말로 사실을 털어놓는 듯 입술을 핥으며 초조하게 다리를 떨었다.

"그애를 왜 죽였다고 했지?"

차우리 경장이 매섭게 쏘아붙이자 김우재는 고개를 숙이고 힘겹게 말했다.

"저 때문에 죽은 줄 알았어요."

"아이를 때렸나?"

"산을 타고 한참 들어갔어요. 몇 시간을 산에서 걸었을 거예요. 운동 기구 있는 쪽에 철근이 몇 개 떨어져 있었어요. 그냥 동영상만 찍으려고 했는데 옷을 벗지 않았어요. 영상을 풀다 보니까 사람들이 인터넷에 돌아다니는 야동으로는 낡이지 않더라고요. n번방에 어떤 동영상이 있었는지 뉴스에 나왔으니까 그걸 기대하는 것 같았어요. 걔를 보는 순간 외국인이니까 어디서 찍었는지 아무도 모르겠다고 생각했어요. 다른 거 할 마음은 없었어요. 그냥 맛보기용으로, 사람들을 낡을 영상을 찍으려고 했는데 핸드폰만 들면 바닥에 웅크리고 그래서 진짜 어쩔 수 없었어요."

"어떻게 때렸지?"

김우재는 난감해하더니 자리에서 일어나 때리는 시늉을 해 보였다. 그러곤 내키지 않는 목소리로 상황을 설명했다.

"일으켜세워도 바닥에 자꾸 웅크려서 철근으로 어깨하고 등 같은 데를 때린 것 같아요."

"동영상을 찍었나?"

김우재가 아니라고 고개를 저었다.

"사람이 올라오는 소리가 들려서 애를 들고 뛰었어요."

"그다음엔 뭘 했지?"

"소리 지르고 울어서 떨어뜨렸어요. 낭떠러지 같은 데였어요."

"그다음엔?"

"도로 있는 데까지 내려왔다가 다시 산으로 올라갔어요."

"왜?"

"무서웠어요."

"다시 갔을 때 뭘 했지?"

"그쪽을 아무리 찾아도 그애가 없었어요."

김우재는 그때 일이 생각난다는 듯 조금 울먹였다.

"그래서?"

"계속 찾아다녔어요."

"집에 들어가기 전까지 산에 있었다는 말이야?"

김우재는 고개를 들어 차우리 경장을 힐긋 쳐다보더니 기운이 없는 목소리로 말했다.

"그애가 거기서 떨어졌다고 믿고 싶지 않았어요. 힘들면 쉬다가 찾아다니다가 날이 밝는 걸 보고 내려왔어요."

"왜 아이를 죽였다고 진술했지? 머리를 때렸나?"

"일어나라고 옆에 있는 돌을 던졌어요. 머리에 맞은 줄 알았어요. 머리를 손으로 감싸고 크게 울었어요."

"크기가 어느 정도였지?"

"주먹 정도? 아니, 조금 더 컸어요."

"범행 장소는 왜 거짓으로 진술했습니까?"

"증거가 없으면 괜찮다고 했어요. 증거만 못 찾게 하라고……."

"누가?"

김우재는 고개를 숙이고 말을 하지 않았다. 테이블 아래에서 손을 만지작거리며 입을 꾹 다물고 딴청을 부렸다.

"누구한테 범죄 사실을 얘기했지?"

김우재는 한참을 머뭇거리다 떨리는 목소리로 아버지요, 하고 대답했다.

그다음부터는 수사가 마무리되는 분위기였다. 명백한 증거가 있으니 선장 이 씨를 기소 의견으로 송치하지 않을 이유가 없었다. 원하는 대로 증거가 나왔다는 사실이 잘 짜인 각본 같아 지 형사는 개운하지 않은 기분을 떨치기 힘들었다. 차우리 경장조차 이런 지 형사를 이해하지 못했다.

"끝까지 진범인지 의심해야 한다는 것은 저도 알아요. 그런데 이번 케이스는 정황, 증거 전부 확실하잖아요? 이젠 검찰에서 가려내겠죠."

"김우재의 진술이 이상하지 않습니까? 자백을 하면서 범죄 사실은 허위로 꾸며냈다, 이게 심리적으로 말이 됩니까?"

"사실대로 말하면 형량이 늘어날 테니까요. 김우재 아버지 마음은 이해가 가잖아요. 자백해라, 증거를 알아내고 말고는 경찰의 일이니 형을 얼마 받는지는 하늘의 뜻이다, 이런 거잖아요? 완전히 감싸주지는 못하겠고, 그렇다고 아들이 고스란히 살인범이 되도록 할 수는 없으니 나름대로 선택을 했다고 여겨지는데요?"

"피해자가 눈앞에서 죽은 것도 아닌데 자백은 무슨 자백입니까? 다시 갔을 때 피해자가 없는 걸 확인하지 않았습니까? 눈으로 본 게 아니면 안 했다고 하는 게 사람 심리 아닙니까?"

"바다가 아래에 있는 낭떠러지였으니 김우재는 애가 바다에 빠졌다고 생각할 수 있죠."

"반항하는 애를 업거나 들고 낭떠러지까지 가는 게 가능하다고 봅니까? 게다가 어떻게 범죄 현장에 남아서 피해자를 찾아다닐 수 있습니까?"

"강력 범죄의 범죄자 중에는 범죄 사실을 믿지 못하고 현장에 머무는 사람들이 있어요. 김우재처럼 우발적으로 범죄가 일어 났으면 그럴 가능성이 더 크죠."

"범죄의 연쇄성을 얘기한 건 경장님이잖습니까. 김우재가 피해자를 때렸다는 현장에도 그렇고, 김우재의 집에 똑같은 모양의 철근이 우연히 있었다. 이건 어떻게 설명할 겁니까?"

"근 삼 년 사이에 리조트며 대단지 아파트를 짓는 공사가 많았잖아요. 앞으로 추적 조사를 하겠지만, 이번 건은 단독 범행일 가능성이 높아 보여요."

지 형사는 한때 대대적으로 보도되었던 선장이 일으킨 강력 범죄의 케이스를 기억하고 있었다. 낚싯배에 탔던 커플 중 남자를 죽이고 여자를 성폭행했던 사건이었다. 그 일은 괴담처럼 부풀려져 한동안 인터넷을 떠돌았고, 차우리 경장의 나이를 생각하면 그 사건을 알고 있을 가능성이 높았다. 지 형사는 중년 남자와 선장이라는 직업에 대해 선입견을 가지고 있는 것 아니냐고 묻고 싶은 걸 가까스로 참았다.

형사 과장은 지 형사와 김 형사를 길거리 주차 차량의 자동차 털이범을 잡는 일에 투입시켰다. 지 형사는 범죄 신고가 들어온 주택가 골목길의 CCTV와 블랙박스를 확보하는 동시에 선장 이 씨에 대한 기소 의견서를 작성해야 했다. 김 형사에게 CCTV 판독을 맡기고 지 형사는 n번방 사건에 대해 조사했다. 김우재의 자백에 실마리가 있을 게 분명한데, 인터넷에서 일어나는 범죄에 대해선 뉴스에 나오는 정도만 알았지 실상을 아는 게 없었다. n번방에서 시작해 꼬리에 꼬리를 물고 알아보니 랜덤채팅방에서 일어나는 성착취 범죄 중 겉으로 드러나 잡히는 건 조직 말단의 힘없는 잡범뿐이었다. 채팅방에서 여자아이를 낚아 가두고 성매매를 시키는 무리 뒤엔 수익을 거두어가는 숨겨진 큰손이 있었다. 지능적으로 망을 뻗어나간 큰손들의 조직 규모와 힘은 계속 커지고 있었다.

김우재와 선장 이 씨 뒤에 그럴듯한 범인을 찍어내는 진짜가 있을 것 같았지만, 심증만 가지고 수사를 계속 할 수는 없었다. 숨어 있는 조직을 수사하려면 팀 하나 정도는 꾸려져야 하는데 쏟아지는 형사사건을 쳐내기도 벅찬 인력 구조에서는 불가능에 가까운 일이었다. 수사를 하고 싶다고 수사를 할 수 있는 구조가 아니었다. 종결된 사건의 재수사 역시 마찬가지였다. 피해자 가족의 집요하고 끈질긴 요구가 있어도 재수사를 받을 수 있을까 말까였다.

지 형사는 피해자의 시신이 곧 무연고 처리가 될 것을 생각하니 자리에 가만히 있기 힘들었다. 얼마 전 T시의 요양원에서 신종 바이러스 집단 감염이 있었고, 피해자의 시신을 보관하던 병원에서 안치실이 부족하다는 이유로 시신 처리를 요청해왔다. 앞으로 남은 이십 일 동안 피해자의 시신을 아무도 인계하지 않으면 화장하게 될 것이었다. 시신을 화장하면 언젠가 다시 재수사를 한다 해도 지금의 부검 보고서를 참고할 수밖에 없었다. 과학 기술이 발전하면 피해자의 머리카락이나 피부에서 가해자의 DNA를 발견할 확률이 높아지겠지만 그 먼 훗날까지 피해자의 몸을 보전해주지 않았다. 지 형사는 피해자의 몸을 스친 가해자의 DNA로 진범을 가려내지 못하는 현재의 시간이 원망스러웠다. 이럴 땐 시간을 앞당겨 살고 싶었다.

기소 의견서 파일을 열었다가 닫았다. 또 태풍이 몰려오고 있었다. 봄답지 않은 봄이라 해도 얼음은 녹았고 나무에 연초록의 새싹이 돋아났다. 기상 이변으로 아주 더울 거라 예상했던 여름에도 바닷물은 얼음장처럼 차가웠다. 뉴스에서 이상 기후를 얘기하면 아직은 괜찮다고 안도할 만한 것을 찾아 늘 살아왔던 대로 하루를 보냈다.

태풍은 달랐다. 태풍이 올라오던 밤, 정박해 있던 배가 뒤집힐 듯 파도가 넘실거렸다. 거센 바람에 본능적으로 머리를 숙이고 몸을 움츠렸다. 바람이야말로 모든 걸 뒤집어엎고 부러뜨리고 날려버릴 수 있었다. 태풍이 지나가고 나자 파도가 온갖 쓰레기를 해변에 실어왔다. 발을 디딜 때마다 밟히는 플라스틱과 비닐을 보고 지구가 괜찮을 거라고 낙관하기는 힘들었다. 태풍이 지나고 나면 낙관으로 가려놓았던 진짜 모습이 드러나고야

말았다.

무엇보다 태풍은 감시 체계를 무력하게 만들었다. CCTV를 판독하기 어렵게 하거나 먹통으로 만들고, 외부에 남아 있는 범죄의 흔적을 쓸고 가버렸다. 김우재가 말한 공터를 찾았을 땐 태풍으로 나뭇잎과 흙이 쓸려내려와 있었다. 철근이 떨어져 있었다는 운동 기구 근처에는 누군가 버리고 간 알루미늄 포일과 플라스틱 생수병만 나뒹굴었다. 바다로 이어진 낭떠러지 역시 마찬가지였다. 유의미한 흔적이라 할 만한 건 남아 있지 않았다.

바람이 심상치 않게 불었다. 지 형사는 기소 의견서 파일을 모니터에 띄우고 선장 이 씨의 이름을 써넣었다. 소주라도 한 병 마셔야 이어서 쓸 수 있을 것 같았다. 저녁 아홉 시가 지난 것을 확인하고 편의점에 가려고 사무실을 나섰다. 일 층에 위치한 교통범죄 수사팀에서 시끄러운 소리가 났다.

"병원에 갔다왔으면 됐지, 이 시간에 보고서 써놓으라는 건 너무하지 않습니까?"

김 형사와 어울려 다니는 모습을 본 적 있는 앳된 얼굴의 형사가 얼굴이 달아올라서 당직 형사에게 하소연을 하고 있었다. 지 형사는 그냥 지나가려다가 김 형사가 동기라고 소개해줬던 게 생각나 사무실 안으로 들어갔다.

"무슨 일이야?"

씩씩거리던 신입 형사가 지 형사를 알아보곤 불만에 가득 찬 얼굴로 꾸벅 인사했다.

"왜? 무슨 일인데?"

지 형사가 다시 묻자 또 얼굴이 달아올라선 말했다.

"병원에 가서 상황 조사하는 것까진 괜찮습니다. 보고서 작성은 내일 해도 되는 거 아닙니까? 지금 하라는 건 밤새우라는 얘기잖습니까. 야간에 사고가 나면 꼭 저를 보내는데, 저 같은 신입이 하는 일 맞습니까? 이럴 거면 원룸 빼고 경찰서에서 사는 게 낫겠습니다."

"오, 좋은 생각이네!"

당직 형사가 모니터를 들여다보다가 비아냥거렸다. 지 형사가 물었다.

"자네가 보기엔 단순 사고야?"

"피해자는 바로 수술 들어갔습니다. 가해 차량 운전자의 의식이 돌아오긴 했는데 진술을 할 수 있는 정도가 아니었습니다. 차가 완전히 박살났어요."

"구청에 연락해서 CCTV 확보했나?"

"교통관제 CCTV가 없는 길입니다."

"몇 시에 난 사고지?"

"병원에 도착한 게 여덟 시 십 분 무렵이라고 들었습니다."

"사고 현장엔 누가 나갔지?"

"제가 갔다왔습니다. 현장 정리하고 견인시켰어요."

"블랙박스는?"

"차주가 제출하는 게 원칙이잖아요. 개인정보 손댔다가 고소라도 당하면……."

"차에 달려 있는지는 확인했어야지!"

신입 형사가 불만이 가득한 기색을 감추지 않고 말했다.

"차문이 찌그러져서 확인할 수 있는 상황이 아니었다고요."

"주변 건물에 보안용 CCTV가 있는지는 확인했고?"

"못했습니다."

지 형사는 한숨이 나왔다. 신입 형사를 혼자 보낸 사수가 누군지 알아내 당장 튀어오라고 하고 싶었지만, 다른 팀 일에 나섰다가 형사 과장에게 어떤 소리를 들을지 몰라 속으로 삭혔다.

"퇴근하고 내일 CCTV 확보해와."

"정말요? 그래도 그냥 들어갔다간……."

"내가 퇴근하라고 했다고 해."

신입 형사는 별달리 기뻐하는 기색 없이 자리에 가서 가방을 챙겼다.

"운전 미숙이면 CCTV 볼 것도 없는 일인데……."

혼잣말로 투덜거리다가 지 형사와 눈이 마주치자 신입 형사가 말했다.

"가해 차량 운전자의 딸이 피해자입니다. 누가 딸을 작정하고 차로 치겠습니까?"

당직 형사가 혀를 차며 고개를 절레절레 흔들었다.

"아이고, 그 사람 속이 말이 아니겠어. 깜빡 졸았나?"

"그게……."

신입 형사가 말을 꺼내려다 말고 머뭇거렸다.

"뭐? 말해봐."

"수술 들어간 애 언니라고 왔는데 누구한테 맞은 얼굴이었어요. 눈이 통통 붓고, 아무튼 얼굴이 엉망이더라고요."

"가해자가 술을 마셨나?"

지 형사가 물었다.

"아니었습니다."

"가정폭력인가? 딸 하나는 맞았고, 다른 딸 하나는 차에 치였다, 그거지?"

지 형사는 가해자의 신원을 물었다. 신입 형사가 핸드폰을 꺼내 메모장에서 가해자의 이름을 말했다. 지 형사는 놀란 기색을 감추지 못하고 되물었다.

"뭐? 가해 차량이 흰색 NF 소나타야?"

"어떻게 아셨어요?"

"무슨 병원이지?"

"가보시게요? 지성 병원입니다. 저도 같이 갈까요?"

지 형사는 고개를 저으며 퇴근하라고 말하고 교통과에서 나와 자리로 돌아왔다. 마우스를 흔들자 기소 의견서가 모니터 화면에 떴다. 서진철이 차로 딸을 쳤다는 게 아무래도 이상했다. 서진철은 김기운에 대한 태도가 다른 참고인들과 달랐다. 조사에 응한 모든 사람이 김기운의 이름을 말해야 할 때조차 얼버무리고 침묵할 때 서진철은 혐오하는 기색을 감추지 않고 김기운에 대해서만 말했다.

태산개발은 이상한 것 투성이었지만, 불법이라고 정의하기 어렵게 법망을 피하고 있었다. 태산개발에서 운용하는 인력의 규모가 시에 등록된 노동자 수로 따지면 말이 되지 않는다는 점, 자금을 불법적으로 운용하고 있는 정황 등을 얘기해도 사건과 직접적인 관련이 없어 수사권을 받아낼 수 없었다. 지 형사는 컴퓨터를 껐다. 이대로 사건을 종결지을 수 없었다.

차우리 경장과 낚싯배를 확인하러 방파제에 갔던 그날보다 주차장에는 바람이 더욱 거셌다. 바람이 휘몰아쳐 지나가자 아카시아 나무의 연약한 가지들이 힘없이 툭툭 꺾였다. 바람에 실려온 모래알에 눈을 제대로 뜰 수 없었다. 몸을 잔뜩 숙이고 차를 겨우 찾았다. 차문을 닫고 앉아서 눈을 문지르다가 비바람이 마구잡이로 실어나르는 온갖 쓰레기를 지켜보았다. 일정한 방향 없이 휘몰아치는 것 같은 바람이었지만 결국 모든 것을 바다로 몰아가고 있었다. 차창을 치고 지나간 찌그러진 플라스틱 커피 컵이 어디로 날아가는지 눈으로 좇다가 시동을 걸었다. 빗물에 젖은 나뭇잎이며 포장 비닐 같은 것이 자꾸 날아와 붙어 속도를 낼 수 없었다. 병원까지 가는 데 걸리는 시간이 계속 늘어나 내비게이션의 도착 시간이 자꾸 바뀌었다.

병원에 도착하자마자 안내데스크로 가서 서진철의 병실을 물었다. 서진철은 다행인지 불행인지 병실 배정이 되지 않아 응급실에 있었다. 지 형사가 들어가려고 하자 환자의 이름을 확인하더니 보호자는 한 명만 들어갈 수 있다고 했다. 직원이 경찰 신분증을 확인하고 여러 군데 전화로 확인하더니 마지못해 발열 체크를 했다.

병상마다 커튼과 가림막이 설치되어 있었다. 들어가서 바로 보이는 병상의 커튼을 열고 안을 들여다보았다가 보호자의 표정을 보고는 얼른 커튼을 닫았다. 커튼 밖을 기웃거리다 응급실 가장 안쪽에 있는 병상 앞에서 걸음을 멈췄다. 숨을 헐떡이며 흐느끼는 소리가 새어나오고 있었다.

"제발, 이유를 하나라도 말해봐."

목소리가 완전히 쉬어 있었다. 힘겹게 숨을 몰아쉬는 소리가 점점 거칠어지더니 무언가를 내리찧는 둔탁한 소리가 들렸다. 커튼을 열었다. 병상에 누워 있는 서진철의 가슴을 현서가 머리로 찧고 있었다. 지 형사는 눈앞에 있는 아이가 CCTV 속 서현서라는 걸 한눈에 알아보았다. 실제로 보니 고등학생이라고 믿기 어려울 만큼 마르고 체구가 작았다. 현서는 인기척에도 돌아보지 않았다. 지 형사가 바로 옆에서 여러 차례 불렀지만 소용 없었다. 그만하라고 현서의 팔을 잡자 현서가 배를 움켜쥐고 주 저앉았다. 현서는 한참을 끙끙거리다 고개를 들었다. 원래 어떤 얼굴이었는지 알아보기 어려울 정도로 멍이 들고 피가 맺혀 있었다. 함부로 말을 건넬 수 없었다. 현서는 부풀어오른 눈으로 지 형사를 쳐다보더니 주저앉은 자세로 물끄러미 바닥을 내려 다보며 움직이지 않았다. 지 형사가 현서를 한참 지켜보다가 말 했다.

"경찰이다. 나가서 얘기 좀 할까?"

현서는 바닥만 내려다볼 뿐 대꾸가 없었다. 힘겹게 몰아쉬는 숨소리와는 달리 얼굴에는 표정이 없어 고통을 참고 있는 것인 지, 화를 삭이고 있는 것인지 알 수 없었다. 서진철은 의식이 없 어 보였다.

"좀 어떠시냐?"

현서가 피식 웃었다. 시선을 바닥에 고정한 채 딱딱하게 굳은 얼굴로 가끔 얼굴을 찌푸리며 숨을 크게 들이마셨다가 내뱉었다.

"동생은 괜찮니?"

현서의 숨소리가 거칠어졌다. 지 형사는 참지 못하고 또 물었다.

"서진철이, 그러니까 아빠가 널 때렸니?"

현서가 갑자기 고개를 거세게 내저었다.

"아니, 아니야. 제발 아빠를 데려가주세요. 네?"

"누가 너한테 이렇게 했는지 먼저 얘기해줬으면 좋겠다."

현서가 다시 입을 닫을까봐 지 형사는 말을 신중하게 골랐다.

"무서웠어요. 갈 곳이 집밖에 없었어요. 이제 어떻게 하죠? 현희가 나 때문에 그런 거예요. 나 때문에……."

"아빠가 일부러 동생을 차로 쳤다고 생각하니?"

현서가 생각에 잠긴 듯 손톱을 물어뜯었다. 초조하게 주위를 두리번거리다가 힘겹게 몸을 일으켜 서진철을 내려다보았다. 서진철은 미동 없이 병상에 누워 있었다. 현서가 고개를 들고 결심이 선 얼굴로 지 형사를 바라보았다.

"아빠를 신고하고 싶어요."

지 형사는 현서를 차로 데리고 갔다. 현서는 손을 대기만 해도 아플 것 같은 얼굴로 눈물을 훔치며 서진철한테 맞았던 이야기와 아이를 컨테이너에서 데리고 나오게 된 이야기를 했다. 아이가 갇혀 있던 컨테이너의 위치와 그곳에 무엇이 있었는지 쉰 목소리로 설명했다. 얘기를 끝낸 현서는 움직이지 못할 정도로 녹초가 되었다.

"신고가 접수되면 당장은 보호기관으로 가야 돼. 괜찮겠니? 일단 오늘은 병원에 가서 치료를 받자."

지 형사의 말에 현서가 고개를 저었다.

"지금 경찰서로 가서 사진을 찍어주세요. 치료를 받고 나면 붓기가 가라앉아버리잖아요."

"그렇게까지 할 필요는……."

"그렇게 해야 돼요. 상처가 낫기 전에, 지금 당장."

지 형사는 머리를 굴려보았다. 진단서는 내일이나 끊을 수 있으니 현서의 말대로 피해 사실을 사진으로 남겨놓으면 재판에 도움이 될 터였다. 여성청소년과에 연락하려다가 마음을 바꿔 차우리 경장을 불렀다. 차우리 경장은 곧바로 경찰서로 오겠다고 했다.

경찰서까지 차를 몰고 가는 동안 바람은 잦아들 줄 몰랐고 작은 나뭇가지 하나조차 날카로운 무기가 되어 생각지 못한 곳에서 날아왔다. 사차선 도로로 나가자마자 차가 막혔다. 방향이 엇갈린 차들이 혼잡하게 얽혀 있었다. 엉킨 차들 사이로 도로를 가로질러 쓰러져 있는 거대한 가로수가 보였다. 수령이 오십 년이 넘어 보이는 은행나무가 뿌리를 드러내고 쓰러져 있었다. 우람한 기둥과 달리 땅 위로 치솟은 뿌리는 가늘고 힘이 없었다. 꺾이고 끊어진 뿌리 위로 비바람이 사정없이 쏟아져내렸다.

현서도 은행나무를 바라보았다. 지 형사는 이 길로 들어온 것을 후회했다. 뿌리가 뽑힌 은행나무를 보며 현서가 스스로를 뿌리가 뜯겨나가버린 사람이라고 생각하게 될까봐 두려웠다. 상상하기 어려운 상처를 입은 아이에게 건넬 수 있는 위로의 말이 많지 않았다. 수사관 생활을 하며 나쁜 것에 맞서면서도 예의와 품위를 지키는 기적 같은 사람을 드물게 만날 수 있었다. 뿌리가 뽑힌 은행나무를 손쉽게 치워버리는 사람도 있지만 뿌리가 뽑힌 자리를 가만히 응시하고 왜 아프게 되었을까 골똘히 고민하는 사람이 있었다. 지 형사는 현서가 절망보다 그런 귀한 마음을 품기를 마음속으로 조용히 바랐다.

엉킨 도로를 빠져나오자마자 속도를 높였다. 먼저 도착한 차우리 경장이 경찰서 본관 입구에 서 있었다. 지 형사는 차우리 경장과 현서를 조사실로 안내한 뒤 밖에서 기다렸다. 당장 입원이 가능한 병원을 찾아 전화를 돌렸다. 딸아이가 폐렴으로 치료를 받은 적 있었던 병원에 입원실이 있다고 해 예약을 했다. 사진을 찍고 나온 현서는 울어서 눈자위가 더욱 부풀어 있었다.

"아는 병원에 전화해놨다. 일단 병원으로 가자."

지 형사의 말에 현서가 머뭇거리다가 말했다.

"집에 그애가 혼자 있어요. 집으로 가야 돼요."

"아이는 보호요청을 해서 보호기관으로 가는 게 좋을 것 같다."

"안 돼요. 경찰은 안 된다고 했어요. 신고하지 말아주세요, 네?"

현서가 절박하게 말했다. 차우리 경장이 현서에게 물었다.

"아까 응급실에 갔다 왔다고 했지? 엑스레이는 찍었니?"

"네, 부러진 데 없이 괜찮다고 했어요."

차우리 경장이 잠시 생각하다 지 형사에게 말했다.

"이 밤에 당장 달려올 보호기관이 있을까요? 잘못하면 유치장에 있어야 할 텐데……. 오늘은 일단 현서 말대로 해요. 대신 문단속 잘하고, 무슨 일 있으면 바로 형사님이나 나한테 전화해야 돼. 알겠지?"

현서는 차우리 경장의 명함을 받아들더니 안심을 시키려는 듯 걱정하지 말라고 여러 번 되뇌었다. 현서를 차에 태워 현서가 알려준 주소로 갔다. 이삿짐센터 사무실의 문이 찌그러져 떨어져나갔고 문 옆의 벽이 무너져 있었다. 지 형사는 폴리스라인을 넘어가 이삿짐센터 안을 살펴보았다. 소파 테이블 위에 손소독제 병이 여러 개 뒹굴고 있었다. 현서가 테이블 위에 있던 백팩을 집어들었다.

"가방을 놓고 왔었는데! 누가 갖다줬을까요?"

"네 아빠가 뭔가 알고 있을 것 같긴 하구나. 애를 데리고 갔는데 그 사람들이 그냥 있었을 리 없지."

"다시 찾으러 올까요?"

현서가 두려운 듯 몸을 떨었다. 너무 말라서 어깨가 더 크게 떨리는 것 같았다. 지 형사가 물었다.

"빨리 네가 말한 현장에 가봐야 하는데……. 혹시 도와달라고 할 만한 어른은 없니?"

현서는 잠시 고민하더니 가방을 살피며 무언가를 찾았다. 사무실 안을 두리번거리다 책상 위 충전기에 꽂혀 있는 핸드폰을 들고 왔다. 익숙하게 암호를 풀고 전화를 걸었다. 선생님, 하고 부르더니 목이 멘 듯 울먹였다. 전화를 끊고 나서는 환해진 얼굴로 말했다.

"선생님이 오시기로 했어요. 오늘밤은 괜찮을 것 같아요."

그러곤 지 형사에게 전화번호를 찍어달라고 내밀었다. 차우리 경장이 참견했다.

"지금까지 핸드폰도 없었던 거야? 전화는 어떻게 하려고 했어?"

현서가 쑥스러운 기색으로 웃어 보이려 하다가 얼굴이 아픈지 인상을 찌푸렸다. 차우리 경장은 자기 번호를 찍는 것으로 모자라 다른 번호까지 찍어주었다.

"우리 언니야. 혹시 내가 전화 안 받으면 여기로 전화해. 알겠지?"

현서가 알겠다고 고개를 끄덕였다. 현서는 집으로 올라가 아이가 잘 있는지 살폈다. 지 형사와 차우리 경장은 이삿짐센터 사무실에서 현서의 선생님이 올 때까지 기다렸다.

"컨테이너에서 아이를 데려왔다니⋯⋯. 아직도 그런 조직이 있다는 게 믿기지 않아요."

"미국 같은 나라에서도 여자아이를 채팅으로 꾀어내 납치하고, 약을 먹여 성착취 동영상을 찍거나 성매매를 시키는 일이 빈번하게 일어나고 있습니다. 우리나라는 드러나지 않을 뿐이지 정말 심각한 수준이에요. 게다가 처벌 수위도 약하고요. 신종 바이러스로 거리를 떠도는 아이들이 더 많아졌어요. 많은 아이가 그쪽으로 흘러들어가고 있어요."

"이런 얘기를 들으면 동시대에 살고 있는 게 맞나 어리둥절해져요. 꼭 전쟁 중의 이야기 같아요."

"크고 작은 전쟁이 누군가에겐 끝없이 일어나고 있어요. 이일을 하면 할수록 힘이 없다는 게 화가 납니다. 버티기가 힘들어요."

"오늘을 버틸 마음으로 절 부르신 거잖아요? 빨리 현장으로 가요."

차우리 경장의 말에 지 형사는 마음을 다잡았다. 현서의 선생님이 집으로 올라가는 걸 보고 현서와 통화를 했다. 현서의 목소리가 밝아져 안심이 됐다. 차에 타자 차우리 경장이 종이가방에 들고 온 과학수사대 비옷을 내밀었다. 비가 심상치 않게 쏟아지고 있었다.

"홀딱 젖어서 돌아다닌다고 누가 알아주지 않으니까요. 이렇게라도 서로 지켜주자고요."

지 형사는 차우리 경장이 건넨 비옷을 축축한 몸 위에 걸쳤다. 한결 든든한 기분이 들었다.

해안도로로 차를 몰았다. 부산의 초호화 주상복합 아파트 주차장이 침수되었다는 뉴스가 흘러나왔다. 도로에 커다란 물웅덩이가 있었다. 거센 바람에 차체가 흔들렸다. 핸들을 조금만 잘못 꺾으면 차가 완전히 미끄러져버릴 것 같았다. 차창 밖을 내다보던 차우리 경장이 저게 다 뭐야? 하는 바람에 하마터면 가드레일을 박을 뻔했다. 속도를 줄이고 바다 쪽을 살피니 제멋대로 날뛰는 바닷물 위로 떠를 이룬 쓰레기 더미가 보였다. 희부연 쓰레기 더미는 파도를 따라 솟구쳤다가 바닷속으로 휘몰아쳐 들어갔다. 차를 세우고 헤드라이트를 바다 쪽으로 비췄다. 색색깔의 플라스틱과 비닐, 스티로폼이 거대한 물뱀처럼 끝도 없이 이어졌다. 차우리 경장이 가드레일 앞에 서서 핸드폰을 들고 바다를 촬영했다.

"우리가 모르는 사이에 쓰나미가 왔다 간 건 아니죠?"

파도 소리에 뒤섞인 차우리 경장의 목소리가 울부짖는 것처럼 들렸다. 한 마을, 아니 그보다 더 큰 규모의 주거지가 파도에 뜯겨나가 각종 잔해가 바다에 떠 있는 것만 같았다. 2011년 어느 밤 이후로 뉴스에서 반복해서 보았던 동일본 대지진 쓰나미가 떠올라 한기가 몰려왔다. 도망치듯 차에 탄 차우리 경장이 다리를 떨었다.

"파도가 조금만 더 높아지면 우리도 무사하지 못할 거예요."

"그 정도의 태풍은 아닐 겁니다."

"확신해요?"

"최대한 밟아볼게요."

식은땀인지 빗물인지 등허리가 서늘했다. 젖은 머리에서 흘러내리는 빗방울을 닦을 겨를도 없이 속도를 높였다. 바로 옆에서 거칠게 솟구치는 바다가 두렵기는 지 형사도 매한가지였다. 무섭게 쏟아져내리는 비에 한 치 앞이 보이지 않았지만 멈추지 않고 차를 몰았다. 시내로 접어드는 길이 보이자 차우리 경장이 한 시름 놓았는지 매달리듯 잡고 있었던 손잡이를 놓았다. 현서가 알려준 공터는 바다와 가까웠다. 내비게이션이 안내하는 길을 따라 골목으로 접어들었다. 골목 끝까지 들어가자 길쭉한 직사각형 모양의 폐건물이 보였다. 그 옆의 가벽은 안쪽으로 완전히 열려 있었다. 건물 옆에 차를 세우고 공터로 걸어 들어갔다.

차우리 경장이 랜턴을 켜 불빛을 비췄다. 둥그런 모양의 빈 땅 끝으로 바닷물이 치고 올라왔다. 쓰레기 처리장에서나 볼 법한 집게 차가 폐건물 앞쪽에 세워져 있었다. 현서의 설명과 달리 공터에는 컨테이너도, 산처럼 높게 쌓인 쓰레기 더미도 없었다. 미처 떠내려가지 못한 쓰레기가 땅과 바다를 연결하듯 바다에 빽빽하게 떠 있을 뿐이었다. 파도가 몰려와 찌그러진 드럼통을 바위 위로 굴렸다. 바닥을 살피던 차우리 경장이 말했다.

"여기, 컨테이너가 놓여 있었나봐요. 테두리 자국이 있어요."

물에 젖은 축축한 잡지 한 권이 바람에 날려왔다. 가슴을 손으로 가린 여자가 다리를 벌리고 앉아 있었다. 차우리 경장이 불빛을 비추며 잡지를 들춰보다 발행년월일을 찾아 사진을 찍었다. 그러곤 주머니에서 지퍼백을 꺼내 잡지를 담았다. 플라스틱 칫솔, 찌그러지고 찢어진 종이컵, 운동화 밑창 같은 것들도 각각의 지퍼백에 담았다. 집게 차의 사진을 찍고 바다로 끌려나가는 쓰레기의 모습을 동영상으로 촬영했다. 부지런히 몸을 움직이는 차우리 경장과 달리 지 형사는 암담한 심정을 감추기 어려웠다. 컨테이너도 없고 현서가 말했던 컴퓨터도 없었다. 차우리 경장이 수집하는 것은 증거가 되기엔 한참 부족했다. 지 형사가 바다에 떠내려가는 쓰레기를 보며 말했다.

"쓰레기 불법 투기로 트집을 잡는다 한들 이렇게 날아가버릴 줄 몰랐다, 고의성이 없었다 하겠죠. 이 땅은 임대를 놓았을 테고, 땅을 빌려쓰던 데에서 모르는 일이라고 하면 책임을 묻기가 어려울 겁니다. 임대를 준 업체는 페이퍼컴퍼니일 게 뻔하고요."

"자연재해로 도리어 손해를 입었다고 주장할 수 있겠네요."

"그렇죠. 또 늦었습니다. 우리가 왕을 쫓고 있는 걸까요, 왕에게 쫓기고 있는 걸까요?"

"그게 무슨 말이에요?"

"진실이란 처음부터 없었던 게 아닐까 싶어서요. 범인을 가장 그럴듯하게 만들어낸 것이 진실이 될 텐데, 그렇다면 진실을 찾아내는 의미가 있을까요?"

차우리 경장이 비옷 안에 감싸고 있었던 증거물을 밖으로 꺼내 보였다.

"바늘 귀의 작은 구멍 하나로도 댐이 무너질 수 있다니까요! 선장 이 씨가 동영상을 제작해 유포한 정황을 포착했어요."

"선장 이 씨에게 배를 빌려주고 돈을 준 사람은 김기운입니다. 선장 이 씨에게 동영상을 만들라고 시킨 사람은요?"

"글쎄요, 차근차근 추적해나가다 보면 진짜에 가닿겠죠."

"그러는 동안 진짜는 증거를 없애고 그럴듯한 다른 범인을 내세울 테고요."

"솔직히 저는 형사님이 말하는 진짜의 죄가 가장 무거운 걸까 가늠해보면 그건 잘 모르겠어요. 구매한다고 나서는 수많은 사람이 없었다면 진짜는 진짜가 될 수 없었을 테니까요. 숨어 있는 얼굴들, 볼거리를 찾아 웹을 떠돌아다니는 군중의 죄는 과연 가볍다고 할 수 있을까요?"

"그러게요. 또다시 왕의 자리가 묘연해지네요."

지 형사와 차우리 경장은 컨테이너가 놓여 있던 자리에 서서 쓰레기 더미에 뒤덮인 파도를 바라보았다. 파도에 휩쓸려나가는 것 중에는 어딘가에서 떨어진 문고리와 허리띠의 버클, 자전거 바퀴와 샤워기 헤드가 있었다. 냉장고 문짝과 세탁기 뚜껑, 철제 바구니가 파도에 떠밀려왔다가 바위에 걸렸다. 파도에 휩쓸리고 바위에 부딪혀도 부서지지 않는 쓰레기의 견고한 모습은 결국 언젠가 온갖 쓰레기에 뒤덮인 곳에서 살게 될 것이라는 불편한 예감을 불러왔다. 차우리 경장이 바다를 비추던 손전등을 거두었다. 차우리 경장의 비옷이 거센 바람에 펄럭였다. 지 형사는 차우리 경장의 뒤를 따라가며 바다에 떠내려가는 쓰레기를 돌아보았다. 바람이 조금 잦아들었지만 먼 바다에서 밀려오는 파도는 여전히 바라보고 서 있기가 겁이 날 만큼 높았다.

이틀 뒤, 지 형사는 김기운을 기소하는 의견서를 제출했다가 형사 과장에게 반려당했다. 형사 과장이 지 형사를 조용히 불렀다.

"아직까진 쉬쉬하고 있는데, 김기운이 실종됐다는 신고가 들어왔어."

지 형사는 형사 과장이 거짓말을 하는 것 같아 저도 모르게 눈살을 찌푸렸다. 김기운이 일단 숨어 있자고 작정한 게 아닐까 싶었다. 형사 과장이 지 형사의 생각을 읽었는지 매섭게 말했다.

"지준혁 형사, 무슨 생각하는지 알겠는데 다른 팀 소관이니 기다려. 시끄럽게 만들지 말고. 알겠나? 선장 이 씨 기소 의견서는 오늘 내에 제출하도록. 이상."

형사 과장은 더는 토달지 말라며 지 형사에게 손을 내저었다. 지 형사가 담당 형사를 불러 캐묻자 담당 형사가 마지못해 수사 상황을 털어놓았다.

"엊그제 태풍 온 날 있죠? 그날 방파제에 잠깐 다녀온다고 하고 나가서는 안 들어왔대요."

"신고는 누가 했는데?"

"그 집 아들이 다음날 오후에 신고했어요."

"태풍 오는 날 방파제에 갔다고?"

"그러니까요. 배를 살펴봐야 된다고 나갔다네요. 바다에 휩쓸려갔나⋯⋯."

"CCTV는?"

"그 집엔 원래 CCTV가 없답니다. 보안용 표시만 해놓고 없대요."

"숨길 게 많은 집에 CCTV가 있을 리 없지. 집에 다른 사람은?"

"아들이랑 둘이 산다고 합니다."

"일하는 사람은?"

"그날하고 그 다음날엔 없었다고 했어요."

"진짜야? 진짜 김기운이 사라진 거야?"

"직원들이 우왕좌왕이에요. 김기운 찾겠다고 쑤시고 다니는 걸로 봐서는 진짜 맞아요."

이젠 하다못해 실종이라니, 온몸에 기운이 빠지고 맥이 풀렸다. 사라진 사람을 수사해 죄를 물을 방법은 이 땅 어디에도 없었다. 죄를 밝힐 어떤 시도를 해볼 기회 없이 수사 종결이었다. 차우리 경장은 발 빠르게 선장 이 씨에 대해 추가 조사를 이어나갔고, 선장 이 씨가 폐기물 수거 업체를 사업자로 등록하고 그 땅을 임대한 것을 밝혔다. 또 현장에서 발견한 잡지가 소수만을 위한 회원제 성인 사이트에서 발행된 것을 알아냈다. 구독자 명단을 사이트로부터 받을 순 없었지만 그 잡지를 구독해 고객들에게 제공했다는 선장 이 씨의 자백을 받아냈다. 선장 이 씨는 외국인 여성의 성매매를 합법적으로 알선했다고 주장했다. 간혹 외국인 여성의 아이를 보호한 적도 있다고 했다. 옛날 조선소 부지였던 땅을 외국에 있는 소유주를 대신해 임대해준 것은 김기운이었지만 그 이상을 알아내기 어려웠다.

차우리 경장은 김기운이 실종됐다는 소식을 듣고 어쩐지 예상했다는 듯 그저 고개를 끄덕였다. 지 형사는 형사 과장 몰래 김기운의 집 주변을 맴돌다 어렵게 김기운의 아들을 만났다. 김기운의 아들은 지 형사에게 아빠가 사라져서 가장 힘든 사람은 본인이니 그만 괴롭히라고 울먹였다. 서진철은 심장 발작과 뇌출혈로 수술을 받았다. 지 형사가 차 사고가 난 날 무슨 일이 있었는지 여러 번 찾아가 물었지만 멍한 얼굴로 침을 흘리며 그저 천장을 바라보기만 했다. 서진철의 차에는 블랙박스가 없었다. 퍼붓듯 쏟아진 비와 바람으로 주변 CCTV를 총 동원해도 서진철의 행적을 알아낼 수 없었다. 지 형사는 김기운의 실종과 서진철의 사고가 같은 날 일어났다는 게 아무래도 의심스러웠다. 기회만 생기면 김기운을 찾아다녔다. 김기운이 죽은 게 아니라면 어떻게든 찾아내고 말겠다고 생각했다.

태풍이 지나가고 난 뒤의 바다는 거짓말처럼 잔잔했다. 지 형사는 답답한 마음에 가만히 있기 어려울 때에는 낚싯배를 타고 바다로 나갔다. 쓰레기는 조류를 따라 먼 바다로 흘러가기도 하고, 해안가로 쓸려오기도 했다. 자원봉사 조끼를 입은 사람들이 매일같이 나와 망태에 쓰레기를 담았다. 낚시꾼과 힘을 합쳐 쓰레기를 건져내기도 했다. 가을 햇살이 뜨거워 배를 타고 나면 밤에 피부가 붉게 달아오르고 자잘한 수포가 올라왔다. 지 형사는 배를 탈 때마다 여름 바다의 냄새를 맡고 서 있는 아이의 모습을 떠올렸다. 아이가 먼 바다를 바라보며 어떤 표정을 지었을지 상상했다. 어쩔 땐 아이가 억울하다고 흐느끼고 있는 것 같아서, 또 어쩔 땐 화가 나서 참을 수가 없다고 악을 쓰고 있는 것 같아서 마음이 아팠다.

지 형사는 가끔 무작위로 낚싯배를 붙잡아 수색했다. 눈에 보이는 섬에 배를 대고 샅샅이 뒤져보기도 했다. 어디에 가든 플라스틱 쓰레기와 모포 같은 것이 널려 있었다. 누구도 더 이상 진실을 궁금해하지 않는 이 사건을 기억할 거라고 지 형사는 다짐했지만, 시간이 흐를수록 의지가 약해질 것 또한 알았다. 그래서 그 아이가 떠오르면 입술을 씹었다.

삶에선 온 신경을 기울여야만 해결할 수 있는 많은 일들이 매일같이 일어났다. 아내가 육아에 지치지 않도록 아내의 기분을 살피고 틈날 때마다 딸아이와 놀아줘야 했다. 노모를 모시고 병원에 가는 일도 잊지 말아야 했고, 대출 이자를 갚는 일에도 신경 써야 했다. 선장 이 씨에게 내려진 1심 형량은 징역 15년 형이었다. 선장 이 씨는 반성문을 제출하고 주취에 의한 심신미약을 주장해 최종 형량을 징역 10년 형으로 받았다. 아이의 신원은 끝까지 밝혀지지 않았다. 선장 이 씨의 누나와 노모는 매 재판에 참석해 도저히 믿지 못하겠다는 얼굴로 눈물을 훔쳤다.

에펠탑이 그려진 노란색 티셔츠와 짧은 청 반바지, 딸의 것과 섞여 있으면 분간하지 못할 소피루비 캐릭터가 그려진 분홍색 팬티가 아이의 유류품 전부였다. 지 형사는 증거품이 상하지 않게 방충제와 방습제를 넣어 지퍼백에 옷을 따로 봉했다. 형사 생활이 끝나기 전에 증거가 추가되길 바라며 염분기가 남아 있는 옷을 내려다보았다.

10
당신이 알고 있는 것 이상으로

기억하는 사람 앞에서 시간은 굴절한다. 흘러가버리는 듯하다가 과거의 순간을 홱 낚아채 그때로 되돌려놓는다. 비가 흩날리는 날, 태풍이 온다는 예보를 들은 날, 구급차가 지나가는 사이렌 소리가 들리는 날 되돌아간 시간에서부터 현재가 다시 시작된다.

현서가 면회를 갈 때마다 서진철은 집의 안부를 묻는다. 이삿짐센터 문은 잘 잠겨 있는지, 낯선 사람이 다녀가지는 않았는지, 문단속은 잘하고 다니는지 확인한다. 현서는 매번 똑같은 말로 대답한다. 당신만 아니라면 다 괜찮다고. 서진철은 멍한 얼굴로 두리번거리다 목소리를 낮춰 누구에게도 문을 열어줘서는 안 된다고 얘기한다. 고3이 됐으니까 열심히 공부해야 한다고 다짐을 받는다.

현희는 왜 자꾸 면회를 가느냐고 하지만 이런 일에야말로 지독함이 필요하다. 서진철이 아무것도 모른다는 얼굴로 시간을 흘려보내고 나면 어떻게 되겠지, 용서받을 수 있겠지 느슨한 마음을 품고 있는 것은 아닌지 눈으로 확인해야 한다. 용서, 관용과 같은 말을 입에 올릴까봐 얼굴을 마주하고 확인한다. 싸워야 살 수 있다. 시간이 흐른다고 물렁해지는 마음이 아니라는 것을 계속 보여 줘야 한다. 비쩍 마르고 손이 거칠어진 서진철을, 언제나 안절부절 못하는 모습의 서진철을 문득 불쌍하게 여기게 될까봐 마음을 다잡는다.

서진철을 만나면 시간이 곤두박질친다. 서진철이 현희를 다치게 하기 전으로, 방파제에서 아이가 떠오르기 전, 신종 바이러스가 뉴스에 보도되기 전으로 간다. 시내에 있는 서점에 가서 표지가 빳빳한 새 문제집을 산다. 여행책 서가에서 《나는 햄버거를 먹으러 미국에 간다》라든지 《베이징 고궁 산책》 같은 책을 뽑아 잉크 냄새를 맡는다. 매끄러운 종이를 쓴 책에선 잉크 냄새가 많이 난다. 현서는 그 냄새가 좋아 서가를 떠나지 않는다. 겨울 방학식은 강당에서 열린다. 이름은 모르지만 얼굴이 익은 친구와 나란히 앉아 꾸벅꾸벅 졸다가 눈이 마주치면 슬며시 웃는다. 햄버거 가게에서 손에 묻은 소스를 핥아 먹고, 신용카드를 주고받을 때 스친 타인의 손이 아무렇지 않게 여겨지던 때, 그때의 하루하루는 마냥 좋아서 엷은 햇살에 감싸여 있는 것만 같다.

현희의 오른쪽 골반뼈가 산산조각 났다. 현희는 수술을 받고 백 일 넘게 병원에 입원해 있었다. 오른쪽 난소의 기능을 잃어서 왼쪽에서만 배란이 될 거라고 했다. 현서는 구급차에 실려 가면서 현희에게 아이와 집에 있어달라고 부탁했다. 현희가 혼자 있기 싫다고, 무섭다고 울 때 어린애처럼 굴지 말라고 짜증을 냈던가. 현희가 서진철이 오기 전에 애를 어디로든 보내버리자고 해서 맞을 때는 보고만 있었으면서 이제 와서 왜 나서냐는 가시 돋친 말을 했던가. 지금까지 그래왔던 것처럼 모르는 척 있으라고, 넌 진짜 딸도 아니지 않느냐는 말로 난도질을 했던가.

그러곤 그 말들을 까맣게 잊었다. 응급실에서 치료를 받고 나서 현서는 집으로 돌아가지 않고 병원 주변을 맴돌았다. 서진철을 다시는 보고 싶지 않았다. 숨이 가빠왔다. 맞고 걷어차이면 온몸에 검은 구멍이 생겼다. 존재가 산산조각 나고 납작하게 깔아뭉개져 그만 살고 싶다는 마음이 들고 말았다.

현서는 사차선 도로를 빠르게 지나가는 차를 보며 인도 가장자리에서 휘청거렸다. 삶과 죽음의 경계엔 쉼 없이 구르는 검은색 타이어 바퀴들이 있었다. 이 섬에선 죽음이 쉬웠다. 수많은 사람이 죽음의 이유를 따지지 못한 채 사라져버렸다. 방향을 조금만 틀면, 한 걸음만 앞으로 나가면 죽을 수 있었다.

차 한 대가 현서에게 클랙슨을 울리고 지나갔다. 뒤따라오던 차들이 연이어 클랙슨을 울렸다. 현서는 뒤로 물러났다. 그저 위험의 가장자리에 서 있었다는 이유로 사라지고 싶진 않았다. 억울했다. 위험한 환경에서 살아야 하는 사람은 살아남으려면 몇 배나 힘을 내야만 했다. 현서는 손 하나 까딱할 힘이 없는 몸에 힘을 줬다. 무게중심이 아직 몸 안에 있었다. 한 번만 더, 한 번만 더 하고 중얼거리며 몸을 꼿꼿이 세웠다.

집으로 돌아가는 길에 몇 번이나 넘어질 뻔했다. 진철이 집에 오면 어떻게 해야 하는가에 대한 생각으로 머릿속이 어지러웠다. 집이 있는 골목길에 접어들자 서진철의 차가 서행하고 있는 게 보였다. 그때 현희가 나와 차를 가로막고 섰다. 현서는 서진철이 차에서 내려 현희에게 고함을 치고 화를 낼 줄 알았다. 헤드라이트 불빛이 현희한테 쏟아졌다. 현서는 서진철의 차가 현희에게 그대로 돌진할 때 두려움에 질린 현희의 표정을 보았다. 현희는 헬렌이면서 현서였다. 컨테이너에 갇혀 있던 수없이 많은 아이들이기도 했다. 차를 따라 뛰었다. 현희가 어떻게 되었는지 잘 보이지 않았다. 현희를 살려만 달라고 간절히 빌었다. 누구인지도 모르는 그분에게 기적을 달라고, 기적을 주지 않을 거면 차라리 이 세상을 휩쓸어가버리라고 빌었다.

서진철은 출소를 앞두고 있다. 삼 년의 수감 기간 동안 현서는 계속 서진철을 만났다. 해가 바뀔수록 서진철은 상태가 나빠졌다. 서진철은 헛것을 보고 들었다. 이젠 섬망 증상까지 나타나 누가 자꾸만 자기를 감시하고 있다고 속삭였고 대부분의 식사를 거부했다.

서진철은 현희의 사고에 대해 고의가 아니었고 비가 와서 앞이 잘 보이지 않았으며 브레이크를 밟았다고 주장했다. 현서에게도, 경찰에게도, 변호사와 판사에게도 똑같이 말했다. 어딜 갔다 왔느냐는 질문에는 입을 다물었다. 현서가 남겨놓은 폭행의 증거 사진과 서행을 하다가 현희가 앞에 서 있는 걸 보고 속도를 높였다는 진술로 서진철에게 징역형이 선고되었다. 지 형사와 유나, 윤영석의 도움으로 가정폭력에 대한 다양한 증거를 낼 수 있었다. 서진철은 징역형이 선고되자 애들이 자기한테 그럴 리가 없다고 난동을 부렸다.

서진철은 현서가 판결이 끝난 법정 복도에서 피가 나도록 벽에 머리를 박는 것을 보고 일순간 조용해졌다. 현서가 두 팔이 잡혀 시뻘게진 얼굴로 서진철을 가리키며 악을 썼다. 저 사람이 죽였어! 내 몸을 봐! 저 사람이 그랬다고! 제발 죽어, 죽어버려!

무엇 때문인지 서진철은 두려움에 질려 기가 꺾였다. 그때 이후로 헛소리를 하고 몸을 떨기 시작했다. 센 약을 먹고 하루 종일 자다가 깨어 있을 땐 발작을 일으켰다. 독방에 몇 번 갇히고 나서는 상태가 심해져 더 센 약을 먹고 시간을 흘려보냈다. 출소자의 재사회화를 돕는 활동가가 현서에게 서진철이 출소 후 병원에 입원해 치료받길 원한다면 도와주겠다고 했다. 가슴이 뛰도록 좋은 얘기였다. 서진철이 집에 오지만 않는다면, 계속 집을 차지할 수 있었다.

서진철이 재판을 받기 위해 구치소에서 대기하는 동안 아무에게도 방해받지 않을 집이 생겼다. 현서는 꼭 필요할 때 쓰려고 모아둔 돈 십만 원으로 계란과 쌀, 김치를 샀다. 아이는 간단한 한국말을 알아들었다. 윤영석의 도움을 받아 아이가 하는 말이 벵골어라는 걸 알게 됐다. 윤영석은 아이가 인도나 방글라데시에서 왔을 거라고 짐작했다. 아이는 자기가 어디에서 왔는지, 어느 나라 사람인지 몰랐다. 아이가 기억하는 세상은 바깥으로 나가는 문이 잠긴 어두운 지하방이었다. 아이는 아주 어릴 때부터 지하방에 갇혀 살았고 아이 엄마는 아이 혼자 내버려두고 사흘, 나흘 집을 비웠다고 했다. 일곱 살이라고 했는데 만으로 일곱 살인지, 한국 사람들이 셈하는 방식의 일곱 살인지도 알 수 없었다. 아이는 이름이 '라라'라고 했다. 엄마 이름은 몰랐다. 윤영석이 '밤'이라는 뜻의 '라일라'가 아닐까 싶어 아이를 '라일라' 하고 부르자 아이는 영문을 모르겠다는 얼굴로 고개를 갸웃거렸다.

현서는 며칠을 생각해 아이의 이름을 '현지'라고 짓기로 마음 먹었다. 현명할 현에 땅 지 자를 쓴 현지, 자기가 있는 곳이 어

디든 그곳을 스스로 존재하는 땅으로 현명하게 밝힐 현지. 현지
에게 새로운 이름을 말해주자 처음으로 이를 드러내고 웃었다.
윗니 두 개가 빠져 있어 귀여웠다. 이름을 지어주고 나서 마트
를 돌다가 현지에게 맞는 베개를 샀다. 느긋해 보이는 거북이가
그려진 초록색 베개였다. 현지는 베개를 하루 종일 쓰다듬고 있
더니 끌어안고 잤다.

현희의 병원비는 유나와 윤영석이 해결해주었지만 계속 손을
벌릴 수 없었다. 현희와 현지가 걱정 없이 학교를 다닐 수 있도
록 돈을 벌어야 했다. 일당이 구만 원이라는 조선소 전기 결선
작업자를 뽑는 구인공고를 봤다. 초보 기준 한 달 26일 근무하
면 이백팔십만 원 넘게 받을 수 있다고 했다. 전화를 했더니 당
장 일을 할 수 있다고 해서 현서는 차가 온다는 데로 나갔다. 정
해진 시간에 스타렉스가 왔다. 스타렉스에는 머리가 희끗한 남
녀가 가득 타 있었다. 차에 타는 현서를 보고 목소리가 드센 여
자들이 한마디씩 했다. 일 힘들어, 이쪽에 발 들이지 말고 공부
해. 돈? 작업에 익숙해지면 제법 주지, 주니까 잔업을 하지, 이
일을 못 끊지. 위험하고 힘해, 짐 한번 안 날라본 손으로 뭘 할
수 있겠나? 아르바이트로 할 일이 아니야. 들어가지 말고 조선
소 정문 앞에서 세워달라고 해. 돌아가는 버스 있어.

현서는 한마디씩 하는 얘기를 듣고 멋쩍게 웃다가 끝까지 따
라 갔다. 인부를 모은 물량팀 사람이 현서를 보더니 물어보지

도 않고 부품을 분리하는 곳으로 배치했다. 현서는 커다란 나사통 앞에 앉아 나사를 풀어서 분류하는 일을 맡았다. 일은 여섯 시에 끝나고, 얼마를 받는지는 그때 알게 될 거라고 했다. 현서에게 일을 어떻게 해야 하는지 알려주는 사람이 없었다. 작업모를 쓴 남자가 와서 쓸 만한 나사를 분류해놓으라고만 말하고 다른 곳으로 가버렸다. 모두가 자기 일에 바빠 다른 사람을 돌아볼 정신이 없어 보였다. 현서는 나사를 빼는 데 맞는 도구를 찾느라 한 시간을 허비했다. 작업모를 쓴 남자가 지나가다가 현서 앞에 놓인 플라스틱 바구니를 보더니 이렇게 할 거면 집에 가라고, 여기가 실습생 받는 학교인 줄 아느냐고 고래고래 소리를 지르고 화를 냈다. 바구니를 가득 채우지 못하면 일당을 받지 못할 거라고 소리치곤 다른 데로 가서 똑같이 고함을 질렀다.

일을 어떻게 하는 건지 물어봐야겠다는 생각에 철판과 날카로운 부품이 쌓여 있는 작업장을 돌아다니다가 달려오는 지게차에 하마터면 치일 뻔했다. 일 초만 더 같은 자리에 있었으면 벌어질 일이었다. 지게차 기사가 부품 더미 옆에 서 있는 현서에게 화를 내고 재수 없다고 욕을 퍼부었다. 그러곤 금세 부품을 싣고 작업장 밖으로 나갔다. 현서는 눈물이 났다. 현서에게 무슨 일이 있든 자기 일에만 열중하는 사람들을 보니 더 서러웠다. 부품 더미로 가서 다시 나사를 빼려고 용을 쓰다가 작업을 배분해줬던 사무실로 갔다. 일을 못하겠으니 두 시간 일한 시급을 달라고 했다. 커피를 마시며 사무직 직원과 담소를 나누고 있던 직원이 헛웃음을 지었다.

"못하겠으면 그냥 조용히 집에 가."

"지금까지 일한 거 받기 전엔 못 가요."

현서는 고개를 빳빳이 세웠다. 직원이 나가라고 밀어붙이는 걸 불법 고용으로 고소하겠다며 맞섰다. 마침 점심시간이 되었고 줄을 지어 밥을 먹으러 가던 일용직 노동자들이 무슨 일인가 싶어 사무실 쪽을 기웃거렸다. 현서는 더 크게 목소리를 높였다.

"이거 다 불법이잖아요! 쉬는 시간은 줘요? 휴가는 있어요?"

직원이 인상을 잔뜩 찌푸리더니 마스크를 내리고 바닥에 침을 뱉었다. 지갑을 꺼내 만 원짜리 두 장을 던졌다. 현서는 돈을 집어서 입김을 불어 털고는 잘 접어 호주머니에 넣었다. 돈은 잘못이 없었다. 돈이 사람처럼 홀대 받을 이유는 없었다.

현서가 집을 비워야 할 때면 윤영석과 유나가 틈틈이 현지를 봐줬다. 그렇게 해도 현지가 집에 혼자 있어야 할 때가 많았다. 현서는 돈이 생기면 마트에서 어린이용 김과 주먹밥 가루 등을 사다 놓았다. 현지와 함께 이삿짐센터의 플라스틱 바구니를 들고 와 진철의 짐을 담았다. 안방의 옷장과 서랍장을 비우고, 신발장을 비웠다. 돈을 더 벌어서 현지가 쓸 이불을 새로 사고, 옷장 한 칸은 현지의 옷으로 채워주고 싶었다. 작업장 청소 인부를 구한다는 글을 보고 갔다가 무슨 약품을 써서 바닥을 닦는 건지 알려달라고 싸웠다. 싸우지 않고 참아보려고 해도 사람을 사람으로 대하지 않는 건 참기 어려웠다. 휴대폰 케이스를 포장하는 일을 하러 가서는 최저 시급에 맞춰서 일당을 달라고 싸웠다. 관리자가 고소할 거면 고소하라고 화를 내고 주먹으로 얼굴을 때렸다. 현서는 곧바로 경찰을 불렀다. 그 자리에서 제대로 된 일당을 받고 나서도 형사 고소를 끝까지 취하하지 않았다. 그러곤 소문이 나버렸는지 이름과 나이를 말하고 나면 일을 구할 수 없게 됐다.

윤영석은 현지를 시설에 맡기라고 했다. 시설에 가면 현지를 추방하지 않고 끝까지 보호해주는 거냐고 했더니 좋은 기회가 생기면 자기 나라로 돌아가게 된다고 했다. 보호자가 없는 아이는 어디로 가든 보호받기 어려웠다. 아이 혼자 집 밖으로 걸어 나가면 좋은 일은 하나도 없고, 나쁜 일만 벌어졌다. 아이를 이용하려는 사람은 어디에나 있었다. 현서가 현희와 현지는 자기가 돌볼 거라고 얘기하자 윤영석이 여러 번 한숨을 내쉬었다.

"학교에 다니기 시작하면 돌아가기가 더 힘들어져. 고등학교 졸업할 때까지 네가 데리고 있겠다고? 정말 그럴 수 있을까? 의료보험도 안 되고 핸드폰도 못 만들어. 아프기라도 하면 어떻게 할래?"

"그러니까 지금 시설에 가면 학교에 입학하기 전에 어떻게든 자기 나라로 보내겠네요. 엄마 이름도 모르는 애를 어디로 보내려고요?"

"이주 노동자 사이에 커뮤니티가 있으니까 수소문하면 찾을 수 있을 거야."

"못 찾으면요? 국적 없는 국제 미아가 되는 건가요?"

"아니, 분명 받아주는 나라가 있을 거야."

"그러니까 여기서 태어나고 자란 현지를 자꾸 어디로 보낸다는 거냐고요. 여기가 현지 집이에요."

윤영석은 현서를 만날 때마다 입씨름을 하다 정 그렇다면 조 반장을 만나보라 얘기를 꺼냈다. 현서는 그렇게 진짜 조선소 일을 시작하게 되었다.

조 반장은 포설과 결선 파트에서 신화적인 인물이었다. 현서보다 고작 10센티미터 정도 더 큰 키로 선박 안을 나는 듯 돌아다녔다. 장정이 들어가지 못하는 좁은 틈으로 기어들어가 귀신같이 전선을 설치하고 나왔다. 진짜 반장이라서 반장이라고 부르는 건 아니고 반장보다 일을 더 잘해서 반장이었다. 조 반장은 복잡한 도면을 정확히 이해하고 그날 누가 무슨 작업을 해야하는지 누구보다 잘 알았다. 전선을 엉뚱한 데로 끌고 가는 일은 한 번도 없었다. 작업화를 신어야 겨우 160센티미터가 되어서 사람들은 조 반장을 슈퍼마리오라고 불렀다.

현서는 조 반장을 처음 만난 날 얼굴을 보고 놀라서 말을 더
듬었다. 조 반장은 현서가 당황해 빨개진 얼굴로 인사하자 배를
잡고 웃었다. 그러곤 필리핀에서 왔고 남편이 한국 사람이라고
했다. 영어식 억양이 남아 있어 어쩐지 유나처럼 친근하게 여겨
졌다. 조 반장의 한국 이름은 조마리아였다. 현서가 채용 신체
검사를 받고 일을 배치받아 조 반장을 따라 현장으로 나간 날,
사람들이 조 반장에게 어디에서 초등학생 조카를 데리고 왔냐
고 낄낄거렸다. 현서가 처음으로 작업을 했던 선박은 천연가스
에서 나오는 휘발성 액체 탄화수소를 적출하고 저장하는 배였
다. 그 배는 백 층짜리 빌딩을 옆으로 눕혀놓은 것만 같았다. 조
반장은 현서에게 배에서 길을 잃어버리지 않게 잘 따라다니라
고 당부한 뒤 철을 깎고 두드리는 먹먹한 소음 속에서 '마리오'
를 부르는 소리를 잡아챘다. 소리 나는 곳으로 가면 겨우 아이
하나 들어갈 만한 좁은 틈이 있었고 조 반장은 그 안으로 기어
가 전선을 설치하고 나왔다.

현서가 조 반장을 따라다니는 동안 겨울이 되었고 현희가 퇴
원했다. 현희가 원래 쓰던 방을 쓰겠다고 해서 현지는 현서와
안방을 쓰고 현희는 혼자 자기 방을 가졌다. 조선소에서 일하고
받은 돈으로 현희에게 둥근 모양의 거울이 달린 화장대를 선물
했다. 흰색 화장대는 침대와 책상 사이에 딱 맞게 들어갔다. 현
희는 책상 위에 흩어져 있던 화장품과 고데기를 화장대 서랍에

정리하고 앵두 전구로 거울을 꾸몄다. 거울에 붙인 전구에 불이 들어올 때마다 현지가 탄성을 내질렀다. 매일이 크리스마스가 된 것 같았다. 현지가 자꾸만 불을 켜고 싶어 해 하루에 다섯 번만 하라고 했다. 현지는 까먹지 않고 꼬박꼬박 다섯 번씩 화장대의 불을 켰다 껐다. 불이 반짝 들어왔을 때 거울에 비친 모습과 불을 껐을 때의 제 모습이 달라서 현지는 틈날 때마다 거울을 지켜보고 있었다. 조명을 받았을 때의 현지 얼굴은 세상의 관심 속에 있는 것처럼 빛이 났다. 현서는 현지에게 불이 켜진 전구를 가리키며 "빛이 나"라는 말을 가르쳐주었다. 현지가 현서와 똑같은 발음이 될 때까지 여러 번 같은 말을 반복했다. 빛이 난다고 말하는 현지에게서 빛이 나서, 현서는 이번에는 현지를 가리키며 말했다.

"나는 빛이 나. 아름다워."

현지가 성실하게 여러 번 따라 말했다.

"나는 빛이 나, 아름다워."

현서는 현지에게 좋은 말을 먼저 가르쳐야겠다고 다짐했다. 일이 힘들고 앞으로 살아야 할 날이 까마득하게 여겨질 때면 현지에게 알려줄 좋은 말을 떠올렸다.

해가 지날수록 바다는 조금 더 깊이 해안선을 침범해 들어왔다. 태풍이 지나가고 나면 해류를 타고 흩어졌던 쓰레기가 한데 모여 해안가로 밀려들었다. 컨테이너가 있던 공터에서 떠내려 갔던 쓰레기가 오랫동안 풍랑에 시달린 모습으로 한 무더기씩 나타나 바다 위에 길게 띠를 이루기도 하고, 작은 섬이 되어 둥둥 떠다니기도 했다. 쓰레기가 나타나면 공공 일자리를 제공받은 사람들이 형광색 조끼를 입고 나와 뜰채와 망태를 손에 들고 쓰레기를 치웠다.

현서는 일이 손에 익자 잔업을 하는 날이 많아졌다. 돈을 빨리 많이 벌고 싶었다. 현희는 제빵을 배울 수 있는 산업고등학교에 진학했고 현지는 집 근처 초등학교에 다녔다. 현지의 한국어가 빠르게 늘어 현서가 신경 쓰지 못하는 사이 모국어를 기억하지 못하게 되어버렸다. 현지는 태권도를 다니고 피아노를 배우며 현서를 엄마라고 불렀다. 현지가 엄마라고 부를 때마다 현서는 새엄마가 생각났다. 그럼 모두 함께 있는 것처럼 외롭지 않고 마음이 든든해졌다.

현서가 조선소에서 담당하는 일은 전선을 배로 끌어오는 포설보다 전선을 연결하는 결선이 많았다. 마리아에게 도면 보는 법을 배웠다. 또 손끝의 감각만으로 전선의 피복을 벗기고 연결하는 법을 익혔다. 현서를 예쁘게 본 몇몇 어른이 현서에게 사무직 업무에 지원해보라고 넌지시 알려줬지만 현서는 그럴 때마다 그저 웃고 말았다.

거대한 배의 전선을 연결하는 일에는 쇳덩어리에게 핏줄과

생명을 주는 것 같은 느낌이 있었다. 몸을 쓰는 노동의 감각이 무게중심이 여전히 몸 안에 있다는 걸 자각하게 해주었다. 직접 전선을 깐 배가 출항을 하는 모습을 볼 때에는 저걸 움직이게 한 손이 바로 이 손이라고 소리치고 싶을 만큼 뿌듯했다. 기계를 움직이게 하는 것도 기계 안에서 사고가 나는 환경을 만드는 것도 모두 사람이었다. 오작동이 나면 부품을 교체하면 되고, 전기가 들어오지 않으면 전기 배선을 바로 잡으면 됐다. 목숨이 오가는 현장에서 기계와 씨름을 하다 보면 사람의 일이 그토록 복잡하고 이해할 수 없는 것 투성이라는 게 어리둥절해졌다.

"기계는 차별을 하지 않아."

같이 출항을 지켜보던 마리아가 중얼거렸다. 현서는 정말로 그렇다고 고개를 끄덕였다.

서진철의 출소가 한 달 남은 어느 날은 서진철이 수감되고 나서 한 번도 들여다보지 않았던 이삿짐센터 사무실을 살펴봤다. 이삿짐센터는 벽이 망가지고 문이 떨어진 모습 그대로 방치되어 있었다. 이 년 전 여름에는 비가 너무 많이 와 사무실이 침수되기까지 했다. 사무실 앞을 지나갈 때면 퀴퀴한 곰팡이 냄새가 코를 찔렀다. 부동산 아저씨는 사무실 쪽에서 쥐가 나온다고 볼 때마다 툴툴거리며 잔소리를 했다. 멍하니 어두운 실내를 쳐다보고 있자 현서의 발 아래로 쥐가 빠르게 스쳐지나갔다. 현서는 소스라치게 놀라 소리를 지르고 말았다.

그 자리에 서서 쥐덫을 검색했다. 다양한 모양의 덫이 나왔다. 작은 포획망이 달린 망쥐덫, 발판 위에 먹이를 올려놓는 일반쥐덫, 여러 번 사용할 수 있을 것처럼 보이는 신형 P쥐덫도 있었다. 추가 상품으로는 면장갑과 붉은색 페인트가 손바닥에 칠해진 코팅장갑이 있었다. 가격을 보고 장바구니에 담다가 쥐가 잡혀버리면 어떻게 치워야 하나 싶어 구매하기를 취소했다. 갑자기 하늘이 깜깜해지더니 거센 바람이 불었다. 닫지 않고 들어온 대문이 문틀에 부딪혀 시끄러운 소리를 내고 밖으로 밀려나갔다.

바로 그 순간 습기를 머금은 거센 바람이 현서를 삼 년 전 사고난 날의 서진철에게로 데려갔다. 구급대원이 운전석 문을 열연장을 가지러 간 사이 서진철이 현서를 알아보고 중얼거렸다.

"김기운이 죽었다. 그놈 아들이 그랬어. 이제 기쁘냐?"

찌그러진 차 안에 있지만 않았다면, 운전석에 몸이 묶이고 머리에서 피가 흐르지 않았다면 현서의 머리채를 잡고 집으로 끌고 올라갔을 그 눈빛이었다. 현서가 겁에 질려 뒤로 물러났다. 구급차에 실려간 현희를 따라가지 않고 보호자라고 남아 서진철이 구조되는 모습을 지켜봤던 걸 후회했다. 현서는 김기운이 죽었다는 말을 듣지 못한 듯 기억 속에서 지웠다. 서진철도 그 얘기를 다시 꺼내지 않았다.

서진철이 출소하고 어디로든 갈 수 있는 자유의 몸이 된다는 게, 그런 일이 당연한 듯 계획되어 있는 게 현실적이지 않게 여겨졌다. 현실이란 갑자기 불어오는 바람, 바람에 흩날리는 머리카락, 아무렇게나 흔들리는 문 같은 것들이었다. 현실이란 있는 게 확실하지만 보지 않았기에 쥐를 잡지 않겠다고 결정했던 것처럼 생활과 가까운 일이었다.

등 뒤에서 문이 또 한번 문틀에 쾅 하고 부딪혔다. 이 년 전 여름, 이삿짐센터 사무실이 침수될 정도의 비가 온 날 집 상태를 보러 나갔다가 그 아이를 마주쳤다. 비바람이 몰아치는 태풍 한가운데 그 아이가 검은색 볼캡 모자에 검은색 마스크를 쓰고 있었다. 현서와 철은 서로를 마주 보고 시간이 멈춘 듯 서 있었다. 바람이 휘몰아쳐 옷이 부풀어오르고 우산살이 휘어졌다. 현서는 입 안에서 괜찮냐는 말을 웅얼거렸다. 철이 그만 들어가라는 건지 자기 쪽으로 오라는 건지 알 수 없는 손짓을 했다.

"다시는 찾아오지 마."

현서가 어렵게 말을 꺼냈다. 바람 소리에 들리지 않았을까봐 한 번 더 말했다. 철이 고개를 크게 끄덕이더니 축 처진 어깨를 하고 뒤돌아섰다.

하늘을 올려다봤다. 구름이 하늘을 새카맣게 뒤덮고 있었다. 금방이라도 비가 쏟아질 것 같았다. 어디서 날아왔는지 알 수 없는 새떼가 지붕을 스칠 듯 낮게 날았다. 어김없이 여름이 되고 태풍이 몰려오고 있었다. 가을에는 더 큰 태풍이 몰려올 것이다. 연이은 태풍은 연약한 것들을 기어코 부수고 휩쓸어갔다. 현서는 어디에선가 김기운이 발견되었다는 뉴스가 나올까봐 꼬박꼬박 지역 뉴스를 챙겨 보았다. 김기운의 소식이 없다는 건 그날 하루가 별일 없이 지나갈 거라는 신호와 같았다. 이제는 서진철의 출소가, 다가오는 위험이 현실이 되었다. 출소 전에 이 위험을 어떻게 처리해야 할지 결정해야만 했다.

부엌에 들어가 식도를 챙겼다. 동사무소에 가면 칼을 갈아줬다. 잘 벼려진 칼 세 자루가 들어 있는 가방은 묵직하면서 균형이 잡힌 느낌이었다. 현서가 칼 세 자루가 든 가방을 메고 집을 나서자 기다렸다는 듯 비가 쏟아져내렸다. 가방이 젖지 않게 우산을 뒤로 비스듬하게 쓰고 빗속을 걸었다. 마음으로 칼날을 더 듬었다. 여느 때처럼 버스를 타고 버려진 공터로 향했다.

이 년 전, 폐건물과 안쪽으로 열려 있는 가벽에 쇠사슬을 연결하고 들어가지 말라는 표지판을 달았다. 잡풀이 허리만큼 자란 공터에는 누군지 모를 사람이 자꾸 드나들었다. 건물을 철거하고 난 뒤의 폐기물 쓰레기를 버리고 가는 사람도 있었고, 바닷가의 바위에 앉아 캔맥주와 컵라면을 먹고 가는 사람도 있었다. 잔업을 해서 모은 돈으로 가벽이 허물어진 곳을 단단하게 세우고 폐건물 옆으로 새 가벽을 설치했다. 가벽에 작은 문을 뚫어 쇠파이프로 가로막은 뒤 커다란 자물쇠를 채웠다. 폐건물에 나 있던 문은 드럼통을 구해와 완전히 막았다. 현서는 차근차근 준비해온 일을 아무에게도 말하지 않았다.

골목에 아무도 없는 것을 확인하고 가벽을 잘라 만든 문의 자물쇠를 열었다. 공터로 들어가기 전 돌아서서 문을 잠그는 것도 잊지 않았다. 높게 쌓인 폐기물 쓰레기 아래로 길고양이 밥을 놓아둔 먹이통이 있었다. 통이 빈 것을 보고 가방에서 사료를 꺼내 붓고 깨끗한 물로 갈아주었다. 그러곤 갈아온 칼을 눈에 잘 띄는 곳을 찾아 곳곳에 놓았다. 파도가 치솟아오르는 바닷가 앞의 커다란 바위에, 철근이 비죽 솟아나와 있는 콘크리트 더미 위에 올려놓았다. 나머지 하나의 칼은 휘발유를 채워놓은 드럼통 옆에 놓았다. 현서는 태풍이 몰아치는 날 서진철이 이곳으로 오는 모습을 떠올렸다. 문을 열고, 들어가보라고 얘기하고, 문을 닫으면 끝이었다. 라이터를 켠 것도, 칼을 손에 쥐게 되는 것도 그저 서진철일 뿐이었다. 비가 퍼붓고 바람이 휘몰아치면 서진철은 그놈이 나타났다고 눈을 뒤집었다. 문을 잠그라고 고함을 쳤다. 이삼 일만 약을 먹지 않도록 빼돌리면 되는 일이었다.

한 달 전쯤 면회를 갔을 때 서진철이 수척한 얼굴로 현서의 태몽에 대해 얘기했다. 그 꿈이 태몽인 줄 몰랐는데 얼마 전에 다시 꾸고 나니 태몽인 것 같다고 했다. 커다란 황갈색 동물이 멀찍이 서 있어 가까이 가서 보려고 하면 달아나고, 또 가서 보려고 하면 달아나면서 진짜로 달아나지는 않고 자기를 지켜보고 서 있었다는 이야기였다. 그 동물이 아무래도 사슴 같다고, 소가 아니라 사슴이라서 이상했다고 했다. 추억에 잠긴 듯 웃음을 머금고 얘기하다가 현서와 눈이 마주치고 나서는 사슴 주제에 비웃었다고, 사람을 놀리면서 맴돌았다고 욕을 하고 소리를 지르며 머리를 박았다. 놀라지 말자고 각오하고 가서도 현서는 늘 서진철의 급격한 돌변에 얼굴이 새하얗게 질리고 말았다.

현서는 숨을 크게 들이마시고 내쉬었다. 태풍이 지나가고 나면 또 다른 태풍이 올 것이다. 매년 가을이면 두세 개의 태풍이 연달아 왔다. 태풍이 올 때마다 공터의 쓰레기가 바다로 휘몰아쳐 들어갔다. 태풍은 모든 흔적을 없애줄 것이다. 고통스러운 울부짖음과 뜨겁게 타오르는 불길, 칼로 스스로를 해친 상처 입은 몸까지 모두 쓸어가버릴 게 분명했다.

크고 작은 고양이 세 마리가 높게 쌓인 폐기물 더미 사이사이에서 고개를 내밀었다. 잘 먹어서 털에 윤기가 흐르고 몸놀림이 날쌨다. 현서는 가만히 앉아 고양이를 불렀다. 폐기물 사이로 몸을 숨기고 누구 하나 밖으로 나오지 않았다. 고양이들과 친해져 공터 밖으로 데리고 나오기만 하면 모든 준비가 끝이었다. 고양이를 데려갈 안전 가방도 이미 준비해두었다. 현서는 이번에는 목소리를 가다듬고 고양이 울음소리를 흉내내보았다. 울음소리에 진짜 울음이 섞여 구슬퍼지지 않게 조심해야 했다. 가장 작은 고양이 한 마리가 호기심에 가득 찬 얼굴로 고개를 내밀었다. ■

* 10장의 제목 '당신이 알고 있는 것 이상으로'는 미국의 화가 엘리자베스 머레이의 1983년 작 〈More Than You Know〉에서 따왔습니다.

작가의 말

2020년부터 2021년까지 이 이야기에 본격적으로 매달렸다. 2022년 출간을 앞두고 다시 소설을 고치면서 소설의 배경인 2020년을 그대로 둘지 덜어낼지 고민했다. 코로나19에 대한 두려움이 옅어지고 상황이 많이 바뀐 지금, 2020년을 돌아보는 게 어떤 의미가 있는지 거듭 생각했다. 그러자 2020년에 겪었던 감정들, 재난이라는 위기 상황으로 약한 자들이 잊히는 게 당연시되는 부당함, 사회적 안전망 없이 가정 내에서 재난을 이겨내라는 무자비함, 그로 인한 불안과 두려움, 슬픔과 분노가 다시금 떠올랐다.

미래를 낙관할 수 있다면 좋겠지만 앞으로 재난을 더 자주, 더 많이 겪게 될 확률이 크다. 우리 모두가 난생 처음 겪는 재난이다. 이 소설을 쓰고 고치며 계속 품고 있었던 질문에는 아직 답이 없다. 무엇으로 또다시 다가올 태풍을 견딜지는 지금을 사는 모두의 몫이기도 하니까.

소설이 세상 밖으로 나오는 데에 힘을 써 주신 은행나무출판사의 백다흠 편집장님과 편집부 직원분들께 감사드린다. 연재의 지면을 주신 밀리의서재 담당자님께도 감사의 말을 전하고 싶다. 소설을 쓸 수 있도록 지지해주고 언제나 큰 힘이 되어주시는 두 어머니 덕에 이 이야기를 끝까지 쓸 수 있었다. 마지막으로 타국에서 코로나19로 인한 봉쇄를 겪었던 김도연 님, 같이 있어줘서 고맙다.

2022년 가을
박유경

바비와 루사

1판 1쇄 발행 2022년 9월 27일

지은이 · 박유경
펴낸이 · 주연선

(주)은행나무
04035 서울특별시 마포구 양화로11길 54
전화 · 02)3143-0651~3 | 팩스 · 02)3143-0654
신고번호 · 제1997-000168호(1997. 12. 12)
www.ehbook.co.kr
ehbook@ehbook.co.kr

ISBN 979-11-6737-218-5 (03810)